Geschichten mit Marianne

Bibliografische Information der Deutschen Nationalbibliothek
Die Deutsche Nationalbibliothek verzeichnet diese Publikation in der
Deutschen Nationalbibliografie; detaillierte bibliografische Daten sind
im Internet über http://dnb.dnb.de abrufbar.

5. Auflage
© 2020 Jung und Jung, Salzburg und Wien

Umschlagbild: privat
Umschlaggestaltung: BoutiqueBrutal.com
Druck und Bindung: GGP Media GmbH, Pößneck
ISBN 978-3-99027-240-4

XAVER BAYER

Geschichten mit Marianne

JUNG
UND
JUNG

I

Versteckt auf den Dächern und hinter manchen Fenstern in der Fußgängerzone im Zentrum der Altstadt, dort, wo die Dichte an Luxusartikelgeschäften, Banken und Nobelrestaurants am höchsten ist, haben seit heute acht Uhr Früh Scharfschützen begonnen, wahllos auf Passanten zu schießen. Außerdem haben Terroristen Geiseln genommen und sich mit diesen in anliegenden Geschäften, Lokalen und Hotels verschanzt. Vorsichtigen Schätzungen zufolge, wie es im Radio heißt, wurden bislang rund dreißig Menschen getötet, eine Zahl, die vermutlich untertrieben ist, denn allein in dem Bereich, der von der Wohnung von Mariannes Eltern, wo wir uns seit gestern Abend befinden, einsehbar ist, können wir einundzwanzig Tote zählen, und die Fußgängerzone verläuft rauf und runter viel weiter, als unser Blick reicht.

Eines der Häuser am Anfang des Einkaufsboulevards ist halb eingestürzt und steht in Flammen, weil sich ein Attentäter in die Luft gesprengt hat, als ein Sonderkommando der Polizei das Dach stürmen wollte. Niemand scheint zu wissen, wo überall Sniper postiert und wie viele Terroristen insgesamt an der Aktion beteiligt sind. Die Innenstadt ist abgeriegelt, es herrscht Ausgangssperre. Von unseren Fenstern aus sehen wir Blutlachen, wo Fußgänger niedergestreckt wurden, manche liegen noch da, andere hat man zu bergen versucht, aber auch auf die Rettungskräfte wird gefeuert, davon zeugt unter anderem ein ausgebrannter Ambulanzwagen. Auch einen toten Kameramann sehen wir. Hubschrauber kreisen seit Stunden über der Stadt. Angeblich haben die Terroristen in der Zwischenzeit einen von ihnen abgeschossen, darüber herrscht jedoch noch Unklarheit in den Medien. Hundertschaften von Polizisten in kugelsicherer Montur und beigezogene Militäreinheiten haben sich in den umliegenden Gassen postiert. Mehrere kleine Panzer haben mittlerweile in der Fußgängerzone Aufstellung genommen. Momentan verhalten sich die Angreifer still. Allerdings ist die Luft von Rauch und Sirenengeheul erfüllt, und immer wieder hören wir Schmerzensschreie von Verletzten.

Heute soll der heißeste Tag des Jahres werden, wie der Wetterbericht bereits seit einer Woche prophezeit, das kommt noch dazu. Der erlösende Regen wird gegen Abend erwartet oder gar erst in der Nacht. Gegenwärtig sind keine Wolken am Himmel. Marianne ist seit geraumer Zeit in der Küche, und ich habe es mir auf einem Sofa gemütlich gemacht. Nur hin und wieder gehe ich an die Fenster und teile ihr mit, wie die Lage ist. Wenn ich sie frage, ob ich ihr denn nicht behilflich sein solle, antwortet sie jedes Mal, es gehe schon, sie habe alles im Griff.

Eine Weile verfolge ich den Live-Stream eines Nachrichtensenders auf Mariannes Tablet, erkenne einmal kurz sogar unser Haus, aber dann denke ich mir, wie absurd, und dass ich das Ganze schließlich auch hautnah haben kann. Also stelle ich mich wieder an die Fenster, äuge auf das Dach und die Fassade des Gebäudes vis-à-vis, und als ich niemanden sehe, strecke ich meinen Kopf hinaus. In dem Augenblick macht einer der Sicherheitsleute vom Juwelier gegenüber dasselbe, er streckt seinen Kopf für einige Sekunden aus der Eingangstür, schon knallt es. Er bricht zusammen, weitere Schüsse fallen. Rauchkartuschen werden in die Mitte der Fußgängerzone geworfen und vernebeln den Abschnitt, offenbar will man den Mann bergen. Da bringt eine sehr laute Detonation ein paar von den Fenstern auf der gegenüberliegenden Häuserfront zum Bersten, Schreie, weitere Salven, und dazu unausgesetzt die Alarmsirenen irgendwelcher Nobelgeschäfte, was mich letztlich veranlasst, die Fenster zu schließen.

«Bist du sicher, dass du keine Hilfe brauchst?», rufe ich in die Küche.

«Ist bald fertig, danke!», kommt Mariannes Antwort.

Also nehme ich ihr Tablet, verbinde es mit den Lautsprechern und wähle eine ihrer Playlists aus. Es ertönen die ersten Takte der *Enigma-Variationen Opus 36* von Edward Elgar. Ich schalte wegen des Lärms von draußen lauter, dann schlendere ich ein bisschen durch die Räume der weitläufigen Wohnung. Hohe Plafonds, alles großzügig eingerichtet, hauptsächlich mit alten chinesischen Möbeln, orientalischen Teppichen und indischen Stoffen, hölzernen und steinernen Skulpturen aus Südamerika, afrikanischer Stammeskunst. An den Wänden hängen Bilder bekannter Maler der europäischen und amerikanischen Moderne, und in jedem Zimmer gibt es mindestens eine Regalwand mit Büchern, deren Wert man schon an ihren Rücken zu erkennen glaubt.

Marianne hat sich für diesen Tag sichtlich gut vorbereitet. «Voilà, hier ist das heutige Menü», höre ich sie knapp neben mir und erschrecke, weil ich sie wegen der Musik gar nicht kommen gehört habe. Sie reicht mir ein gefaltetes Blatt Büttenpapier. Ich öffne es und lese den Menüplan, der, in kalligraphischen Lettern geschrieben, eher an eine alte Staatsurkunde oder einen Kodex erinnert:

Hühnerconsommé à l'impériale
Pastete à la Talleyrand
Omelette Tegetthoff
Filet Wellington
Bismarckhering
Kotelett à la Nelson
Filet à la Colbert
Radetzky-Kipferl
Metternich-Pudding
Esterházy-Torte

Dazu gibt es begleitend ausgewählte Weiß-, Rot- und Schaumweine, abschließend Likör und Kaffee, wie ich lesen kann. Zigarren werden gereicht.

«Nicht übel», sage ich und pfeife anerkennend durch die Zähne.

«Du kannst schon Platz nehmen», meint Marianne und verschwindet wieder in der Küche. Ich begebe mich in den Salon, wo der Tisch bereits gedeckt ist. Auch hier werfe ich einen kurzen Blick durch die Fenster, doch nichts hat sich draußen geändert, außer dass jetzt auch noch Paramilitärs beteiligt zu sein scheinen. Man sieht einige vermummte Gestalten umherlaufen, die Phantasieuniformen tragen, Hooligans vielleicht, denke ich.

Und schon ist Marianne mit zwei Champagnerkelchen da. Ich bedanke mich, wir lächeln und stoßen auf unser Wohl an. Marke und Jahrgang flüstert mir Marianne ins Ohr.

«Unvergleichlich», antworte ich, ebenfalls flüsternd, dann setzen wir uns an den Tisch und beginnen mit dem Mahl.

Ich bin überwältigt. Jeder Gang von Mariannes Menü scheint den vorherigen zu übertrumpfen. Wie sie das gemacht hat, ist mir ein Rätsel, die Speisen sind ideal temperiert, und stets ist mein Glas voll. Von allem ist gerade so viel auf dem Teller, dass man des Gerichtes nicht überdrüssig wird.

«Ich habe gar nicht gewusst, dass du so phantastisch kochen kannst», lobe ich Marianne.

«Ich auch nicht», erwidert sie.

Zwischen dem letzten Hauptgericht und der ersten Nachspeise frage ich dann, ob sie mir nicht einmal erzählt habe, dass ihr Vater ein paar Gewehre besitze.

«Und ob.» Sie lacht und führt mich ins Schlafzimmer ihrer Eltern, zieht die Bettlade heraus, und darin liegt ein halbes Dutzend Jagdgewehre, von denen ich zwei an mich nehme.

«Und die Munition?», frage ich.

«Hier, bitteschön, alles voll», sagt Marianne, öffnet den begehbaren Kleiderschrank ihrer Mutter und drückt mir einen Louis-Vuitton-Koffer in die Hand.

«Dankeschön», antworte ich und trage die Gewehre und den Koffer in den Salon.

Während Marianne die Radetzky-Kipferl aus der Küche holt, inspiziere ich die Gewehre. Es handelt sich um zwei Mannlicher Schönauer im Kaliber 6,5×54, österreichisches Qualitätsfabrikat, in tadellosem Zustand, und die Patronen in dem Koffer sind sogar Vollmantelgeschosse. Mittlerweile hat die Musik aus dem Nebenzimmer zum zweiten Lied der *Chansons madécasses* von Maurice Ravel gewechselt.

Als Marianne mit den nächsten zwei Tellern wiederkommt, lege ich die Waffen beiseite, wir essen bedächtig und lauschen der Musik. Als wir bei der letzten Nachspeise angelangt sind, durchschlägt eine Kugel eines der Fenster und durchbohrt ein Bild von Franz Marc, das über dem Tisch hängt, an dem wir sitzen; das Projektil geht genau durch die Brust des darauf dargestellten Pferdes. Und wenig später klirrt wieder eine Scheibe, und diesmal durchbohrt das Projektil einen Andy Warhol weiter links an der Wand, einen aus der Serie *Double Elvis*.

«Was für ein komischer Zufall», sage ich, und Marianne nickt.

Sie geht ein weiteres Mal in die Küche und kehrt mit einer kleinen Tasse Kaffee zurück, die sie vor mich auf den Tisch stellt.

«Danke», sage ich und nippe daran.

«Mit Kardamom», fügt sie hinzu.

«Danach schaffe ich aber wirklich keinen Bissen mehr», stöhne ich und wische mir nach dem letzten Schluck mit der Serviette über die Lippen.

«Musst du auch gar nicht», sagt Marianne. Im selben Moment gibt es draußen in der Fußgängerzone eine immense Detonation. Klirrend drückt es die Scheiben der Fenster ins Innere, man hört Geknatter von Maschinenpistolen, und grauschwarzer Rauch zieht in die Zimmer.

«Soll ich dir abwaschen helfen?», frage ich Marianne.

«Nein, danke dir, das kann ja morgen die Putzfrau machen», antwortet sie.

«Wie du meinst», sage ich und wähle eine Zigarre aus der Schachtel, die sie mir anbietet, kappe sie und zünde sie an. Nach ein paar Zügen stehe ich auf, nehme die Gewehre und schiebe jeweils fünf Patronen ins Trommelmagazin. Dann schaue ich mit einer der beiden Waffen in der Hand vorsichtig aus dem Fensterrahmen um die Ecke.

«Möchtest du auch?», frage ich und deute auf das zweite Gewehr.

«Gleich», antwortet Marianne, «ich wasche mir

nur noch schnell die Hände», und huscht in die Küche.

«Da fällt mir ein», rufe ich ihr nach, «ich habe dich noch gar nicht gefragt, was ich für das wahrlich lukullische Mahl schuldig bin.»

«Lass gut sein», höre ich sie aus der Küche, «abgerechnet wird später.»

«Wunderbar», sage ich und entsichere die Gewehre.

Am Ende steht Marianne links, ich rechts vom Fenster, gemeinsam blicken wir auf die sich uns fast unterwürfig darbietende Schreckensszenerie. Wir sehen die schwelenden Krater, die zersplitterten Auslagen, die Leichen, die in den Blutlachen wie in einer Sauce liegen, die brennenden Panzer und die verzweifelten Polizisten, wir hören Schüsse und Explosionen und Schreie und Megaphonbefehle und Sirenen und die Hubschrauber, und eine panische Taube fliegt dicht an unserem Fenster vorbei.

«Wer zuerst?», frage ich Marianne.

«Ich!», ruft sie, stellt sich an die Fensterbank und eröffnet das Feuer. Sie kann alle fünf Schüsse abgeben, bevor die Polizisten das Gegenfeuer eröffnen, und nach dem Nachladen drei weitere, bevor sie tot neben mir zusammenbricht. Ein Kopfschuss, wie ich anhand der Hirnmasse, die auf meinen Anzug spritzt, feststellen kann. Was für schönes Haar sie gehabt hat, denke ich noch, dann hole ich tief Luft, trete an ihre Stelle, lege den Gewehrschaft an meine rechte Wange, ziele und atme kontrolliert langsam aus.

II

Ich bin kein Kind von Traurigkeit, deshalb sage ich sofort zu, als Marianne mich fragt, ob ich mit ihr in den *Zirkus des Grauens* gehen will. Ich reserviere im Internet zwei Sperrsitze, und am übernächsten Abend stehen wir schon vor dem Zirkuswagen beim großen Zelt, wo man die Karten von einem als Vampir verkleideten Mann ausgehändigt bekommt, und trinken Bier aus Dosen, die wir uns bei einer Tankstelle gekauft haben. Die Zirkusleute haben ihr Zelt auf einer Wiese am Rand eines Industriegebiets aufgeschlagen. Wir haben uns auf dem Weg hierher in die Kleinstadt, aus der Marianne stammt, mehrmals verfahren und sind zwischen unzähligen Kreisverkehren, Supermarktparkplätzen und Lagerhallen umhergeirrt, aber jetzt sind wir am Ziel.

Es ist ein kühler Spätsommerabend. Marianne fröstelt in ihrer schwarzen Lederjacke mit dem David-Bowie-Button unter dem linken Revers, und auch mich friert in meinen Sommerschuhen. Nach und nach trudeln die Besucher ein, zum Großteil junge Paare und Grüppchen von Jugendlichen, die ihrer Kleidung und ihren Tätowierungen nach ebenso gut als Publikum eines Gothic-Festivals gelten könnten. Aus dem Zirkuszelt und dem kleineren Zelt davor, wo man Getränke, Hotdogs, Popcorn, Zuckerwatte und andere Süßigkeiten kaufen kann, dröhnt düstere Musik, etwas zwischen Horrorfilm-Soundtrack und gregorianischen Chorälen. Wir rauchen noch eine, dann betreten wir das Hauptzelt durch einen schmalen Eingang, an dessen Seiten an Schnüren Attrappen von Mumien, Schrumpfköpfen und mit Spinnweben überzogenen Skeletten baumeln. Die Kartenabreißerin ist als Zombie kostümiert und trägt Kontaktlinsen, die ihre Augen wie die von Raubtieren aussehen lassen.

Wir setzen uns links in den Mittelgang des Tribünenrunds neben drei Mädchen, die mit ihren Smartphones unaufhörlich Fotos machen und an irgendwelche Freundinnen senden, deren Antworten sie dann wiederum untereinander kommentieren. Die Arena ist in blutrotes Licht getaucht, die Musik noch eine Spur lauter und dramatischer als zuvor, und nachdem die letzten Zuschauer Platz genommen haben, wird es schlagartig finster. Die Musik verstummt, man hört Wolfsgeheul, schaurig pfeifenden Wind, Türenknarren und ein höllisches Gelächter. Dann tritt der Vampirmann, der uns vorher die Karten verkauft hat, in die nun düster-zwielichtige Manege, heißt die Besucher des *Zirkus des Grauens* willkommen und eröffnet so den Beginn der Vorstellung.

Während der ersten Nummer, einer Seilakrobatik, lasse ich den Blick durch das Zelt schweifen. Ich fühle mich tatsächlich ein bisschen beklommen. Es ist wie in einer Geisterbahn, wenn man nicht weiß, was einen erwartet, aber jeden Moment mit einer erschreckenden Überraschung rechnen muss. Einige Details im Zirkuszelt verraten noch, dass es einmal ein althergebrachtes gewesen ist, dessen Ausstattung mehr dem Staunen und Lachen diente als dem Schauerlichen einer Freak-Show. So ist die kniehohe Balustrade, die die Arena von den Zuschauerreihen trennt, mit bunten Blumen bemalt, und das Innere der Zeltkuppel ist mit weißen Sternen übersät: ein Himmelszelt, das, wie mir bewusst wird, in krassem Gegensatz zu dem Geschehen in der Manege steht.

Dort haben mittlerweile zwei Horror-Clowns in Häftlingskluft das Sagen. Sie treiben allerlei schaurigen Klamauk, der darin gipfelt, dass sie sich einen Jugendlichen aus der ersten Reihe schnappen, ihn in die Arena zerren, ihm einen schwarzen Sack über den Kopf ziehen und ihn an eine eilig herbeigeschaffte Holzwand stellen. Der eine der beiden, der zuvor mit zwei Äxten in den Händen schwankend und torkelnd einen Betrunkenen gemimt hat, schickt sich jetzt an, sie unter Gegröle auf die Holzwand rechts und links vom Kopf ihres Opfers zu schleudern. Ein Aufschrei geht durch das Publikum, so echt wirkt die Bedrohung. Was der junge Mann in der Manege unter dem schwarzen Sack nicht sehen kann, ist, dass die Äxte nicht aus der Entfernung geworfen, sondern vom anderen Horror-Clown übernommen und aus nächster Nähe haarscharf neben seinem Kopf ins Holz geschlagen werden. Das Publikum quittiert die Täuschung mit wieherndem Lachen. Schließlich wird der Jugendliche unter Applaus wieder zurück zu seinem Sitz geleitet.

In der nächsten Nummer tritt ein Gleichgewichtskünstler auf, der, als eine Mischung aus Werwolf und Leiche geschminkt, auf einem Podest zu stampfendem Techno atemberaubende Jongliertricks zum Besten gibt, während er auf mehreren übereinander gestapelten und durch Bretter getrennten Rollen balanciert. Einmal kommt er nach einem Sprung falsch auf und fällt vom Podest. Sichtlich unter Schmerzen klettert er aber sofort wieder hinauf, unternimmt einen zweiten Versuch, und diesmal klappt es, was ihm einen besonders herzlichen Beifall beschert.

Der Mittelpunkt der darauf folgenden Attraktion ist ein am ganzen Körper tätowierter Mann. Er schreitet in betont lässigem Schlenkergang zuerst die vorderen und dann die mittleren Zuschauerreihen ab, und jeder ahnt, dass er Ausschau nach einem Opfer für irgendeine Showeinlage hält. «Hoffentlich nimmt er mich», flüstert mir Marianne ins Ohr, aber die Wahl fällt auf eine Blondine ein paar Sitze neben uns, die er unter dem Gejohle des Auditoriums ins Rampenlicht zerrt. Sie muss auf einem Rollsessel Platz nehmen, wie man ihn aus Büros kennt, und um den Sessel ist ein Seil gebunden, an dessen Ende ein Fleischerhaken befestigt ist. Diesen führt der Tätowierte durch ein Loch in seiner Zunge, dann zieht er den Sessel mit dem Mädchen einmal durch die ganze Manege. Galant küsst er nach der Darbietung ihre Hand und entlässt sie wieder. Danach werden vier

Männer von ihm zwangsrekrutiert. Er platziert sie auf vier Stühle, sodass ihre Rücken auf den Knien ihres jeweiligen Nachbarn liegen. Die Stabilität dieser Verschränkung nutzend, entfernt der Tätowierte die Stühle, bis die vier Männer gezwungen sind, allein durch ihre Muskelkraft dieses Körpergebilde aufrecht zu erhalten. Daraufhin holt er vier große Dildos hervor und stellt jedem einen unter das Gesäß. Insbesondere die Frauen im Publikum biegen sich vor Lachen. Der eigentliche Höhepunkt besteht aber darin, dass das Licht angeht und der Tätowierte eine halbstündige Pause ausruft, während die vier Männer immer noch ihre heikle Position zu halten versuchen. Selbstverständlich steht keiner der Zuschauer auf, alle warten, wie lange sie es aushalten werden. Bald schon beginnen ihre Knie zu zittern, und die Figur bricht in sich zusammen. Die Vier werden ausreichend mit Applaus bedacht.

Die Stimmung in der Pause ist gelöst und heiter, in Erwartung dessen, was noch kommen mag. Marianne und ich stehen rauchend am Rand des Zirkusgeländes. Da die Musik nun leiser ist, kann man vereinzelt Grillen hören. Es ist noch einmal kühler geworden, und ich biete Marianne meine Jacke an, aber sie lehnt ab. Bevor die Pause zu Ende ist, holen wir uns noch ein Bier und nehmen dann wieder im Zelt Platz.

Nach einem neuerlichen Musik- und Lichtwechsel fängt die zweite Hälfte der Show an. Eines der Vampirmädchen, die zuvor Popcorn und Zuckerwatte verkauft haben, legt sich auf einen Tisch und jongliert mit ihren durchtrainierten Beinen verschiedene Gegenstände. Später nimmt sie noch ihre Hände dazu, bis eine unüberblickbare Menge an Bällen, Klötzen und Ringen durch die Luft wirbelt. Wir belohnen diese Kunstfertigkeit mit langem Beifall. Dann sind die Horror-Clowns wieder am Zug; sie inszenieren eine Scheinhinrichtung. Auf sie folgt der tätowierte Freak, der sich Spritzennadeln durch Löcher in seiner Halshaut steckt und sich mit seiner Zunge an einem Fleischerhaken an einem Seil hochziehen lässt. Besonderen Eindruck macht seine Darbietung mit einem präparierten Messer, mit dem er sich scheinbar so tief in seinen linken Unterarm schneidet, dass das Blut spritzt. Einzelne Zuschauer halten sich vor Entsetzen die Hand vor den Mund. Danach hat noch einmal der Gleichgewichtskünstler einen Auftritt; diesmal unterläuft ihm kein Fehler, und er verlässt unter Verbeugungen das Arenarund. Als er hinter dem Vorhang verschwunden ist, betritt der Kartenverkäufervampir die Manege. Er kündigt vor dem endgültigen Ende der Vorstellung noch eine letzte Sensation an, weist auf die Möglichkeit hin, nach der Vorstellung für fünf Euro ein Foto mit allen Schaustellern machen zu lassen, und zieht sich dann unter Lüften seines schwarzen Zylinders hinter den Vorhang zurück.

Ein paar Sekunden bleibt es ganz dunkel, man sieht nur die grünen Notausgangsleuchten. Daraufhin beginnen die zwei Horror-Clowns durch die Zuschauertribünen zu streunen. Zum Schein nehmen sie ein paar Jugendliche mit, lassen sie aber dann doch wieder frei, was die Spannung erhöht und jeden im Publikum fürchten lässt, er könnte nun an ihrer statt zum Handkuss kommen. Schließlich bleiben sie, wie auf Verabredung, vor uns beiden stehen, schnappen sich Marianne, die kurz aufschreit, und zerren sie in die Manege. Sie wirft mir dabei noch einen schnellen Blick zu, ihr Gesicht zeigt zugleich freudige Erwartung und starres Entsetzen.

Die beiden Clowns setzen Marianne in einen Zahnarztstuhl in der Mitte der Arena, die wie in einer Prosektur in düster-fahles Licht getaucht ist. Der eine von ihnen schlingt ein dickes Seil um ihren Körper, dann fesselt er ihre Handgelenke an die Armlehnen des Stuhls und stülpt ihr einen schwarzen Sack über den Kopf. Der andere holt eine Box herbei, entnimmt ihr eine lebende Vogelspinne und setzt sie auf Mariannes Oberkörper. Nach einer Weile wird ihr der Sack vom Kopf gezogen, sodass sie das haarige Tier zu Gesicht bekommt. Obwohl Marianne nicht sonderlich erschrocken aussieht, sondern die ohnedies friedfertig wirkende Spinne eher amüsiert und interessiert betrachtet, johlt das Publikum vor gruseliger Wonne. Applaus brandet auf, das Bühnenlicht wechselt wieder zu blutrot. Der eine Horror-Clown nimmt die Spinne von Mariannes Oberkörper und setzt sie zurück in die Box, der andere stülpt erneut den Sack über ihren Kopf, dann ziehen die beiden den Zahnarztstuhl mit der noch immer gefesselten Marianne zurück hinter den Vorhang.

Das Licht geht an, die Musik setzt noch einmal ein, die Vorstellung ist beendet, ein letzter langer Beifall, dann erheben sich die Leute von ihren Sitzen und strömen hinaus. Ich bleibe auf meinem Platz, um mich diesem Gedränge nicht aussetzen zu müssen, und bedaure, kein Foto von Marianne gemacht zu haben, wie sie da im Scheinwerferlicht gefesselt mit der Vogelspinne auf ihrer Brust im Zahnarztstuhl gesessen ist. Ich trinke mein Bier aus und mutmaße, dass Marianne wahrscheinlich nicht durch den Vorhang in der Manege zurückkommen wird, sondern durch einen anderen Ausgang auf der Hinterseite des Zeltes, wo die Wohnwagen der Schausteller parken.

Bald haben die allerletzten Zuschauer die Spielstätte verlassen. Ich sitze allein da, mit der leeren Bierdose in der Hand, und krümme meine Zehen in den Sommerschuhen, weil die Kälte der Wiese unter meinen Füßen durch die Socken dringt. Die Manege ist ganz leer. Ich lege meinen Kopf in den Nacken und schaue in den Sternenhimmel der Zeltkuppel. Ich spüre das Verlangen, dieser Augenblick möge nie vergehen, und auch wenn dieser Zirkus wenig mit denen meiner Kindheit zu tun hat, mit ihren Seiltänzerinnen in bunten kurzen Röcken und den Trapezkünstlern, den Dompteuren, den Kunstreitern und Bodenakrobaten, den drolligen Clowns und Respekt einflößenden Magiern, fühle ich mich dennoch verzaubert.

Bleib noch kurz sitzen, sage ich mir, allein in diesem Zirkuszelt, bleib noch ein wenig und lass die

Atmosphäre in dich eindringen, nimm sie für alle Zeit in dich auf, bevor du wieder in die wirkliche Welt trittst. Dann verlasse ich mit einem abschließenden Blick auf die verwaiste Manege, die wirkt, als würde sie nie wieder jemand betreten, das Zelt.

Draußen bin ich verwundert, dass schon alle weg sind. Auch die Musik und das Licht im kleinen Zelt, wo die Getränke und das Popcorn zu haben waren, sind aus. Kann es sein, dass ich länger als gedacht im Zirkuszelt gesessen bin? Hat mich das Bier so schläfrig gemacht, dass ich kurz eingenickt bin? Seltsam, dass auch keiner der Artisten zu sehen ist, kein Vampir, kein Zombie, kein Horror-Clown. Alles wie ausgestorben. Ich gehe zwischen den Toiletten und dem Kartenverkaufswagen zum Ausgang. Es sind nur ab und zu ein paar Grillen zu hören. Ich schaue auf mein Telefon, ob da eine Nachricht von Marianne ist, aber nichts. Sie wird wohl beim Auto auf mich warten, vermute ich. Aber auch dort keine Spur von ihr. Das Auto ist das letzte am Parkplatz. Eigenartig, denke ich, lege meinen Kopf in den Nacken und schaue hinauf zu den Sternen, gerade im rechten Augenblick, um eine Sternschnuppe zu sehen, die quer über den Himmel zieht und hinter der Zirkuskuppel, die sich dunkel gegen das von den Lichtern der Kleinstadt überstrahlte Firmament abzeichnet, verglüht. Dann ziehe ich den Reißverschluss meiner Jacke hoch, steige ins Auto und fahre los.

III

Bevor ich mit den Einkäufen in den Lift steige, schaue ich noch, ob etwas in Mariannes Briefkasten liegt. Ich finde einen gelben Benachrichtigungszettel, öffne die Postbox neben den Briefkästen und entnehme ihr ein etwa schuhschachtelgroßes Paket. Das wird die Bestellung vom Orion-Versand sein, denke ich und muss schmunzeln. Dann drücke ich auf den Knopf, um den Lift zu holen, und warte eine Weile, weil die Kabine offenbar von ganz oben herunterfahren muss. Ich höre sie ankommen, die Tür öffnet automatisch, ich trete ein, drücke die Taste für den 11. Stock, wo Mariannes Wohnung ist, die Kabinentür geht zu, und der Lift setzt sich in Bewegung.

Einigermaßen erschöpft von den Erledigungen stelle ich die zwei Papiersäcke mit den Einkäufen – einer vom Merkur, einer vom Saturn – auf den Boden, lehne meine Stirn an die Wand und mache die Augen zu. Noch elf Stockwerke, dann kann ich mir die Schuhe ausziehen, ein Glas Wasser trinken, eine Flasche Wein öffnen, Marianne kommt heute erst gegen sechs nach Hause, und was gibt es in einer Beziehung Schöneres, als ein paar Stunden mit sich allein zu sein?

Das Einkaufen ermüdet mich für gewöhnlich rasch. Anderen Menschen mag es Vergnügen bereiten, sich durch die über mehrere Ebenen verteilten und mit abertausenden Artikeln angefüllten Ausstellungsflächen der Großmärkte zu bewegen, ich hingegen fühle mich von der ersten Sekunde an überfordert und möchte alle notwendigen Einkäufe nur möglichst geschwind hinter mich bringen. Leider finde ich selten auf Anhieb, weswegen ich gekommen bin, und verlaufe mich meistens, weil mein Widerstreben, an solchen Orten zu sein, so groß ist, dass jeder Orientierungswille schon im Keim erstickt wird.

Auch heute ist es so gewesen. Im Merkur-Supermarkt benötigte ich annähernd zehn Minuten, um die zwei Sachen von Mariannes knapper Einkaufsliste ausfindig zu machen, die Venus-Rasierer-Ersatzklingen und den Sirius-Camembert. Weil mir in der Warteschlange an der Kassa dann ein wenig flau im Magen war, nahm ich für mich noch je einen Mars- und einen Milky-Way-Schokoladeriegel.

Danach bin ich mit der Rolltreppe zwei Ebenen hinaufgefahren und habe versucht, im Saturn, dem Fachgeschäft für Elektronik- und Technikwaren, ohne fremde Hilfe das Computerspiel *Mass Effect: Andromeda* zu finden, musste aber schließlich einen Mitarbeiter deshalb ansprechen. Seine Auskunft: Ich müsse einen Stock höher, links und dann geradeaus, dort befinde sich die Computerspiel-Abteilung. Manchmal komme ich mir schon wie ein Greis vor, dachte ich und folgte der Richtung, die sein ausgestreckter Zeigefinger vorgegeben hatte, fand mich dann aber in der Abteilung für Fernseher wieder. Auf Dutzenden Bildschirmen gleichzeitig lief das Michael-Jackson-

Video, in dem er den Moonwalk macht. Ich fühlte mich wie in einem Spiegellabyrinth und hatte kurz die Vorstellung, hier niemals mehr herauszufinden, doch bevor mich Panik erfassen hätte können, entdeckte ich eine Treppe, die einen Stock höher führte. Dass ich dann allerdings nicht in der Computerspiel-Abteilung ankam, sondern bei den Küchengeräten, hatte ich nicht erwartet. Ich lief eine Weile zwischen Kühlschränken, Induktionsherden, Standmixern, Brotbacköfen und dergleichen umher, bevor ich endlich die Computerspiel-Ecke fand, die ganz woanders lag.

Das alles lasse ich in meinem Geist Revue passieren, während ich da im Lift mit der Stirn an die Wand gelehnt stehe, als mich ein Schreck durchfährt. Ich merke nämlich plötzlich, dass ich ja schon längst im elften Stock, dem Dachgeschoß, angelangt sein müsste, der Lift aber immer noch in Bewegung ist. Ich schaue auf die elektronische Anzeige, und für einen Augenblick ist mir, als würde ich die Besinnung verlieren, denn ich sehe etwas, das einfach nicht sein kann. Wenn ich der digitalen Anzeige Glauben schenken darf, befindet sich der Lift im 17. Stock, ein paar Sekunden später im 18., gleich darauf im 19. – und das in einem Haus, das nur elf Stockwerke hat.

Als einer, der sich unvorhergesehene Ereignisse im Alltag gewöhnlich rational zu erklären versucht, kann ich nur annehmen, dass entweder jemand das Betriebssystem des Aufzugs gehackt hat und mich zum Narren hält, indem er mich in imaginäre Stockwerke schickt, oder dass es sich um eine – unter Anführungszeichen – übliche Störung der Elektronik handelt. Irgendein für die Stockwerksanzeige verantwortlicher Schaltkreis, der verrücktspielt. Was sich allerdings mit beiden Annahmen nicht in Einklang bringen lässt, ist der Umstand, dass sich die Kabine mit gleichbleibender Geschwindigkeit aufwärts bewegt. Jedenfalls höre und spüre ich das Vibrieren und das leichte Wackeln, dem ich immer ausgesetzt bin, wenn ich mit dem Lift hinauffahre. Aller Wahrscheinlichkeit nach handelt es sich also um ein mechanisches Gebrechen. Vielleicht ist das Stellwerk des Lifts defekt, das Zugseil aus der Verankerung oder der Spule gesprungen und hat so viel Schlupf, dass die Kabine nur noch ein paar Zentimeter pro Minute angehoben wird.

Mittlerweile bin ich laut Anzeige schon im 30. Stock. Ich starre eine Weile feindselig auf die Ziffern, habe dabei aber immer noch das Gefühl, dass sich der Lift in normaler Geschwindigkeit nach oben bewegt, weswegen mir meine Feindseligkeit irgendwie unberechtigt vorkommt. Das darf doch nicht wahr sein, denke ich und drücke im nichtexistierenden 51. Stockwerk brüsk den Nothalt-Knopf. Doch nichts, keine Reaktion. Ich drücke noch einmal und noch einmal, wirkungslos. Ich versuche es mit dem Alarmknopf – auch nichts. Auf dem Schild neben der Stockwerksanzeige ist zu lesen, dass im Störungsfall die Hausverwaltung oder die Feuerwehr zu verständigen sei. Ich hole mein Telefon aus der Hosentasche, versuche es mit der angegebenen Nummer, doch dann merke ich, dass ich keinen Netzempfang habe. Auch die Notrufe funktionieren nicht, weder Feuerwehr noch Polizei oder Rettung. Der Anzeige nach befinde ich mich nun im 88. Stock. Ich betrachte ungläubig die in gleichbleibendem Takt hochzählenden Ziffern, und als die 99 erreicht ist, springt das Zählwerk wieder auf 0 zurück und beginnt von neuem hochzuzählen. Ich drücke wahllos alle Knöpfe, vergebens. Und nach wie vor fühlt es sich an, als würde der Lift in die Höhe gezogen. Ich ändere meine Strategie und versuche jetzt, mit dem am solidesten wirkenden Schlüssel an meinem Schlüsselbund den Spalt zwischen der Aufzugstür und dem Kabinengehäuse aufzubekommen, aber keine Chance – was soll ich tun? Ich hämmere mit den Fäusten gegen die Tür und rufe so laut ich kann «Hallo!» und «Hilfe!», aber außer dass die Kabine zu wackeln beginnt, bewirke ich damit nichts.

Was gibt es sonst noch zu berichten? Seit einem Tag bin ich nun in diesem Lift gefangen, der sich momentan vermutlich irgendwo zwischen dem zehn- und zwanzigtausendsten Stockwerk befindet. Den Sirius-Camembert und die Schokoladeriegel habe ich schon verspeist. Mich quält Durst, und ich muss gestehen, dass ich bereits mit dem Gedanken gespielt habe, mir mit einer Venus-Rasierklinge die Pulsadern aufzuschneiden, um dieser zermürbenden Himmelfahrt ein Ende zu setzen. Ich habe das Computerspiel ausgepackt und die Begleitbroschüre gelesen, um mich irgendwie abzulenken, aber ich bin mir mittlerweile sicher, dass ich dieses Spiel niemals spielen werde. Nur das Paket vom Orion-Versand habe ich noch unangetastet gelassen.

Vielleicht hat das damit zu tun, dass mir während meiner Aufwärtsfahrt alles, was mit Marianne zu tun hat, immer fremder geworden ist. Sogar die Erinnerung an ihr Gesicht und an ihren Körper ist mir abhandengekommen. Anfangs ist sie bloß ein bisschen diffuser geworden, dann aber sind ihre Eigenheiten, alles, was mir an ihr immer so vertraut war, langsam aus meinem Bewusstsein verschwunden, und irgendwann habe ich nicht mehr mit Gewissheit sagen können, ob Marianne blonde oder schwarze Haare hat, ob sie schlank oder mollig ist, und selbst, was ihren Namen anbelangt, war ich mir nicht mehr sicher. Marianne? Oder doch Marlen oder Madeleine oder Magdalena? Ich bin sogar im Zweifel, ob ich Marianne überhaupt je begegnet bin oder ob sie nicht einfach nur eine Ausgeburt meiner Phantasie ist.

Und wie aus Gegenwehr gegen diese Gedanken erwacht in mir jetzt doch die Neugierde, ob sich wohl in diesem Paket vom Orion-Versand auch wirklich das verbirgt, was wir bestellt haben. Ich hole es also aus dem Papiersack und beginne es auszupacken. Nachdem ich die Außenhülle aufgerissen habe, finde ich eine Kartonschachtel darin. Meine Hände zittern, als ich diese Schachtel öffne, und es ist eine weitere, kleinere Schachtel darin, und ich reiße auch diese auf, aber es kommt nur eine weitere, noch kleinere zum Vorschein, und als ich auch in diese schaue, steckt eine weitere darin und darin noch eine, nunmehr so klein wie eine Streichholzschachtel, und ich öffne natürlich auch diese und bin nicht einmal mehr erstaunt, als ich feststelle, was sich darin befindet. *Fucking nothing.*

IV

Die Sache ist die: Marianne ruft an und fragt, ob ich Lust hätte, mit ihr heute einen Perchtenlauf in der Nähe ihres Wochenendhäuschens an der südlichen Landesgrenze zu besuchen.

Ich: Spinnst du?

Sie: Nein.

Ich: Du willst dir anschauen, wie ein paar Deppen in Fellkostümen und Teufelsmasken mit Ruten in der Hand herumlaufen und Leute erschrecken?

Sie: Ja.

Ich: Und das alles für so halbdebile Provinzproleten mit übergewichtigen Kindern, die den Schwachsinn mit ihren Smartphones filmen und dabei Zuckerwatte fressen?

Sie: Ja.

Ich: Reichen dir die Fotos aus der Bezirkszeitung nicht, mit den latent schwulen Lokalpolitikern, die im Festzelt mit den verschwitzten Perchtenburschen Bier trinken und Wange an Wange für Selfies posieren?

Sie: Nein.

Ich: Aber das ist doch überhaupt kein ursprünglicher Brauch aus dieser Gegend. Perchtenläufe sind eine alpenländische Tradition.

Sie: Egal.

Ich: Gut. Wann geht es los?

Sie: Von mir aus gleich.

Ich hole Marianne mit dem Auto ab, und wir fahren südwärts. Wir parken vor ihrem Wochenendhaus und gehen dann zu Fuß hinunter in die Ortschaft, wo der Rummel stattfindet. Der Andrang überrascht mich. Offenbar sind eine Menge Leute aus der Umgebung angereist, jedenfalls ist auf dem Platz vor der Kirche und weiter hinauf zur Tankstelle kaum ein Durchkommen. Zwar gibt es einen abgesperrten Bereich rund um eine provisorische Bühne, aber die paar Ordnungshüter von der örtlichen Feuerwehr haben, wie es aussieht, schon kapituliert und versuchen nur noch entnervt, die Massen irgendwie in halbwegs geordnete Bahnen zu lenken. Es gibt einen Stand mit Süßigkeiten für die Kinder und einen mit Alkohol und Würstel für die Erwachsenen. Aus der auf der Ladefläche eines Lastwagens aufgebauten Musikanlage sind abwechselnd Volksmusikschlager und düstere Heavy-Metal-Balladen zu hören.

Der Anfang des Perchtenlaufs ist für siebzehn Uhr anberaumt, in einer Viertelstunde. Die Teilnehmer stehen ein bisschen abseits, teilweise sitzen sie auch noch in ihren Autos auf dem Parkplatz neben der Tankstelle. Die meisten haben allerdings schon ihre Teufelslarven übergezogen und Ruten in der Hand.

«Sind da immer so viel Leute bei so was?», frage ich einen uns entgegentorkelnden Schaulustigen.

«Keine Ahnung», antwortet er und torkelt weiter.

«Suchen wir uns einen Platz, von wo wir das Ganze

aus sicherer Entfernung verfolgen können», sage ich zu Marianne.

«Und trinken wir was», fügt sie hinzu.

Also besorgen wir uns zuerst vier Flaschen Bier und stellen uns dann auf die Stufen vor dem Kulturzentrum, an dem der Perchtenlauf vorbeiführen wird. Von da haben wir einen guten Blick auf die Bühne und den mit Zaunelementen freigehaltenen Bereich davor.

Beim zweiten Bier ist es soweit, das Spektakel wird mit einem düsteren Gong eröffnet. Begleitet von Dampfschwaden aus einer Nebelmaschine und einer Hardcore-Version von *Break on through* von den Doors betritt ein Pulk von Perchten die Bühne. Sie rasseln mit Ketten, läuten mit Kuhglocken, schwingen ihre Ruten und zeigen sich in seltsamen Verrenkungen. Zwischen ihnen ein Feuerschlucker, ein paar Peitschenknaller und ein Jongleur, der Henkerbeile durch die Luft wirbeln lässt. Doch alles wirkt so brav und einstudiert, dass es niemanden sonderlich zu beeindrucken scheint. Nichts, was einem wirklich Unbehagen einflößen mag. Nur ein paar Kleinkinder weinen und einige Teenagermädchen kreischen und pressen sich an ihre heldenhaft dreinblickenden und hektisch Kaugummi kauenden Freunde.

Dann steigen die Perchten von der Bühne und nähern sich den Abgrenzungszäunen. Sie lassen ihre Ruten über den Köpfen der zurückweichenden Zuschauer kreisen. Immer mehr von ihnen drängen von hinter der Bühne nach, bis der gesamte Bereich vor dem Podest gesteckt voll ist. Auch aus allen anderen Richtungen strömen zottelige Teufelsgestalten auf den Platz, der sich zwischen Kirche und Altersheim erstreckt. Aus den Lautsprechern tönt nun so etwas wie Splattermovietechno, und die üblen Gestalten lassen ihre Peitschen knallen und Ruten zischen und ziehen jedem, der so dreist ist, sie zu provozieren, eins über. Es sind zwar keine sanften Klopfer, aber auch keine harten Schläge, sodass sich der Gruselkitzel und die beruhigende Gewissheit, bloß einer Folkloredarbietung beizuwohnen, im Publikum die Waage halten.

Doch dann bemerken wir, wie von einer Sekunde auf die andere die Ausgelassenheit kippt. Plötzlich hört man Schreie, die nicht nach Jux klingen, und als hätte sich ein Schalter umgelegt, der die Stimmung wechseln kann, stürmen nun von allen Seiten weitere Perchten heran, stoßen die Absperrungen um und beginnen, sowohl auf die Feuerwehrleute als auch auf die Zuschauer brutal einzudreschen. Irgendwer dreht die Musikanlage bis zum Anschlag auf, ohrenbetäubender Death Metal mischt sich zwischen die Schreie, man sieht an immer mehr Stellen Blutlachen, und irgendwo in der Nähe gibt es eine heftige Explosion. Das alles passiert innerhalb kürzester Zeit. Wir sind Zeugen, wie eine Massenpanik entsteht, und werden selbst blitzschnell von dieser Panik erfasst.

«Das ist nicht mehr lustig», sagt Marianne. Wir nehmen einander ohne ein weiteres Wort an den Händen und boxen uns einen Weg frei. Wir bekommen beide einige Schläge und Rutenhiebe ab, aber zum Glück schaffen wir es auszubrechen. Hinter einer Zapfsäule können wir kurz verschnaufen. Als ich über die Säule spähe, sehe ich, dass der ganze Bereich, in dem wir uns befinden, von einem undurchdringlichen Ring von Perchten umgeben ist. Es scheint unmöglich, aus der Belagerung auszubrechen.

Als sich ein paar Perchten der Tankstelle nähern, gebe ich Marianne ein Zeichen, und wir rennen los. Noch eine Explosion in unserer Nähe. Und noch eine.

Wir gelangen unentdeckt bis zum Parkplatz und versuchen, uns dort zwischen den Autos zu verstecken. Da bemerke ich die offenstehende Tür eines Wohnwagens, mache Marianne darauf aufmerksam, und schon schlüpfen wir hinein. Als wir sicher sind, dass sich niemand sonst in dem Caravan aufhält, schließe ich die Tür. Außer Atem und mit rasendem Herzen sehen wir uns um. Es handelt sich offenkundig um den Wohnwagen einer Perchtentruppe. Er ist eingerichtet wie eine Werkstatt. An einer Garderobenstange hängt ein halbes Dutzend Fellkostüme in verschiedenen Größen, darüber Holzmasken und schauerliche Teufelsfratzen, wie aus Horrorfilmen. Wer sie hergestellt hat, muss viel Zeit dafür aufgewendet haben, denn die Masken sind sorgfältig geschnitzt und bemalt, und die Teufelshörner sind echte Hörner von Widdern und anderen Böcken. Die Felle sind mit mir unbekannten Runen und auf dem Kopf stehenden Pentagrammen geschmückt. Auf einer Werkbank liegen Schnitzmesser, Ahlen und Bohrer sowie einige Werkzeuge, die ich noch nie gesehen habe, weiters eine Auswahl an Metallknöpfen und Gürtelschnallen, aber auch Hacken und Äxte und Ruten und Peitschen.

«Das ist die einzige Chance, die wir haben», sage ich zu Marianne und nehme ein Perchtenfell in ihrer Größe von der Garderobenstange, «zieh das an!»

Und während sie in das Kostüm steigt, suche auch ich mir eines aus und schlüpfe hinein. Dann stülpen wir uns Teufelslarven über, ich schnappe mir eine der Stahlruten, Marianne wählt eine Peitsche, und wir verlassen den Wohnwagen.

«Komm», rufe ich, «wir müssen uns anpassen!»

«Ja», antwortet Marianne mit – wie ich zu hören glaube – Begeisterung in der Stimme, «und wir müssen es noch schlimmer treiben. Damit wir nicht auffallen!»

Und so mischen wir uns unter die anderen Perchten. Laut brüllend, Rute und Peitsche schwingend, so gehen wir auf die Jagd. Anfangs bleiben wir noch beisammen, und ich werde Zeuge, wie Marianne auf eine Gruppe eingekesselter und vor Panik schreiender Zuschauer hinpeitscht. Dann werde ich im Tumult gegen meinen Willen in eine andere Richtung gedrängt, und wir verlieren einander aus den Augen.

Es sind jetzt eindeutig mehr Perchten als Unverkleidete unterwegs. Ich werde mit der Masse Richtung Kirche geschoben, aus der schwarzer Rauch dringt. Vor dem Eingang knien einige Zuseher um

Gnade flehend am Boden, während es von der sie umzingelnden Horde Hiebe hagelt. Auch ich muss zuschlagen, damit ich nicht auffalle. Anfangs kostet es mich Überwindung, und ich haue ein paarmal absichtlich daneben, doch ein anderer Perchtenläufer ermahnt mich mit einem ordentlichen Rempler, und so beginne ich, richtig zuzuschlagen, was von diesem mit höllischem Johlen quittiert wird. Mit der Zeit komme ich auf den Geschmack. Wie im Blutrausch lasse ich meine Rute elegant und doch energisch auf jeden und jede niedersausen.

Bald aber ist kaum noch jemand von den Zuschauern da. Die meisten sind entweder geflüchtet oder liegen besinnungslos auf der Straße. In eben diesem Moment, da mir bewusst wird, dass sich eigentlich nur mehr Perchten durch das Dorf wälzen, tritt eine Veränderung ein. Jetzt nämlich fangen die Perchten an, gegen ihresgleichen vorzugehen, sich gegenseitig zu verprügeln. Schnell fallen die ersten zu Boden, und da vielen von ihnen die Larven heruntergerissen wurden, ist zu sehen, dass nicht wenige Frauen in den Kostümen stecken.

An manchen Stellen, so etwa vor dem Supermarkt, haben sich Kreise von Perchten gebildet, in deren Mitte immer zwei von ihnen gegeneinander kämpfen. Irgendwann werde auch ich in die Mitte gestoßen, und mir gegenüber steht eine Percht mit einer Peitsche in der Hand. «Marianne?», schreie ich panisch, aber als Antwort erhalte ich nur einen heftigen Schlag auf den Kopf, untermalt vom begeisterten Gebrüll der Umstehenden. Und noch ein Schlag, wieder auf den Kopf, diesmal noch schmerzhafter. Ich bin gezwungen, mich zu verteidigen, und haue, so fest ich kann, mit der Stahlrute auf meinen Gegner ein. Wieder frenetisches Gejohle. Wie zwei Gladiatoren in einer Arena stehen wir einander in diesem Kreis gegenüber.

Als ich zurückweiche, bekomme ich einen Schlag von hinten. Ich drehe mich überrascht um, aber das war ein Fehler, wie ich aus den Augenwinkeln sehe. Mein Gegner, von dem ich immer noch nicht weiß, ob es sich nicht vielleicht um Marianne handelt, die da so wie ich um ihr Leben kämpft, vermutlich ohne zu ahnen, dass ich im Fell ihres Gegenübers stecke, holt mit dem Peitschenstiel aus, und dann spüre ich nichts mehr.

Als ich erwache, ist der Himmel dunkel. Ich liege auf der Straße vor dem Supermarkt, das ganze Dorf in einem Nebel. Nur unter einer Laterne Licht. Aus der Ferne höre ich stampfenden Blasmusiktechno, also rapple ich mich mit schmerzenden Gliedern auf, nehme meine Teufelslarve unter den Arm und humple durch das Dorf, das wie ausgestorben wirkt, zum Festzelt, um mich, wie ich hoffe, mit ein paar Gläsern Bier stärken zu können. Vielleicht werde ich dort auch Marianne wiedertreffen. Falls nicht, wird sie sich anhand der Fotos in der nächsten Ausgabe der Bezirkszeitung ein Bild von der sicherlich ausgelassenen Stimmung machen können.

V

Unterwegs zum Floating-Institut denke ich immer noch an die Geschichte von Eos und Tithonos, über die wir, zwei Kollegen und ich, beim täglichen Mittagstisch im Selbstbedienungslokal in der Nähe unseres Büros gesprochen haben. Genaugenommen ist es übrigens kein Selbstbedienungslokal, sondern eine Art Mischform. Zwar kommt ein Kellner oder eine Kellnerin zu einem an den Tisch und nimmt die Bestellung auf, man muss dazu allerdings seinen Namen nennen, der aufgerufen wird, wenn man sie sich von der Küchentheke abholen kann. Es geht mir ungemein auf die Nerven. Jeden Tag überlege ich mir andere Namen, die dann von einem der Köche ins Lokal gebrüllt werden. Neulich habe ich mit dem Gedanken gespielt, mich bei der neuen Kellnerin *Allahuakbar* zu nennen, habe mich aber dann doch nicht getraut, und mich stattdessen als Tithonos ausgegeben. Wirklich rief der eine Koch dann laut *Tithonos*, als mein Kürbisgemüse mit Polenta fertig war. Ich wurde daraufhin von einem meiner Kollegen gefragt, wer denn Tithonos sei, also habe ich die Geschichte von Eos und Tithonos, soweit sie mir in Erinnerung war, zum Besten gegeben.

In der Geschichte, an die ich nun immer noch denken muss, während ich durch den Nieselregen zum

Floating-Institut gehe, wo Marianne und ich in circa einer halben Stunde einen Termin für ein Partner-Floating haben, wird Folgendes erzählt: Die Göttin der Morgenröte hatte sich unsterblich in den wunderschönen, aber sterblichen Tithonos verliebt und Zeus gefragt, ob es denn nicht möglich wäre, dem von ihr Angebeteten ewiges Leben zu gewähren. Zeus hatte wohl einen guten Tag oder war Eos noch etwas schuldig oder wollte, dass sie ihm etwas schuldete, jedenfalls erfüllte er ihren Wunsch. Dummerweise – Liebe macht blind! – hatte Eos jedoch vergessen, für ihren Tithonos auch ewige Jugend zu erbitten. Die Folge war, dass er zwar vom Tod nicht heimgesucht wurde, wohl aber vom Alter. Er wurde immer älter, ohne sterben zu können, verwandelte sich in einen runzeligen Greis und schrumpfte dahin, bis er zu einer Zikade oder, einer anderen Version nach, zu einer Heuschrecke wurde. Eos bewahrte ihn in einer Streichholzschachtel in ihrer Handtasche auf, aus der er von Zeit zu Zeit ein rasselndes Zirpen vernehmen ließ. Der armselige, einst doch so leidenschaftliche Geliebte! Jeden Morgen, wenn Eos sich ihre Zigarette anzündete, griff sie zuerst versehentlich zur Streich-holzschachtel, in der Tithonos saß.

Vielleicht habe ich da ein bisschen was durcheinandergebracht, jedenfalls geht mir das Schicksal von Tithonos immer noch durch den Kopf, als ich endlich am Ziel bin, die Tür zum Floating-Institut aufstoße und Marianne erblicke, die auf einem der Sofas vor der Rezeption sitzt und in einem Lifestyle-Magazin blättert. Wir begrüßen einander mit einem kurzen festen Kuss, dann werden wir vom Rezeptionisten, der wie ein Doppelgänger von Richard Dreyfuss aussieht, mit dem Ablauf des Partner-Floatings vertraut gemacht. Wir unterschreiben ein Formular und bestätigen damit, über mögliche Risiken der Behandlung, wie das genannt wird, informiert worden zu sein. Dann entledigen wir uns unserer Schuhe und folgen dem Rezeptionisten in den Raum, in dem sich das Floating-Becken befindet. Das stark mit speziellem Salz angereicherte Wasser, das der Außentemperatur der Haut eines Menschen angeglichen ist, ist bereits eingelassen. Wir erhalten noch ein paar Ratschläge zur empfohlenen Benutzung, und damit das erwünschte Ergebnis – die möglichst vollkommene Abschottung aller Sensorien – auch auf akustischer Ebene erzielt wird, händigt er uns eine Art Kunststoffpfropfen aus, mit denen wir unsere Gehörgänge vor Wasser und Geräuschen schützen können. Wir werden instruiert, welcher Knopf das Licht löscht und wo sich der Knopf für die Alarmglocke befindet, falls irgendetwas passieren sollte. Danach wünscht uns Richard Dreyfuss ein angenehmes Floaten und lässt uns allein.

Wir versperren die Tür, entkleiden uns, versiegeln unsere Ohren mit den Pfropfen, duschen und legen uns endlich ins Becken mit der knapp dreißig Zentimeter hoch stehenden Salzsole, die einen nicht untergehen lässt. Es ist tatsächlich ein merkwürdiges Gefühl – wie im Toten Meer liegen wir auf dem

Wasser, ohne weiter einzusinken als in eine weiche Matratze. Da wir nichts mehr hören können, einigen wir uns per Handzeichen, dass Marianne auf den Knopf drücken soll, um das Licht zu löschen. Sie tut das, es wird finster, und wir machen es uns im Becken bequem. Es braucht eine Weile, bis wir uns in dieser uns neuen Lage zurechtfinden und mehr oder minder reglos Seite an Seite zur Ruhe kommen. Anfangs albere ich noch ein wenig herum, fasse hinüber zu Marianne, um sie an den Brustwarzen zu kitzeln, aber bald überwiegt der Drang, sich auf dieses Experiment einzulassen, also verzichte ich auf meine Späßchen und versuche, mich ganz auf mich und meinen Atem zu konzentrieren. Das Partner-Floating dauert eine Stunde, also kann ich mir Zeit lassen, und tatsächlich dauert es eine Weile, bis ich einen Zustand erreiche, in dem ich wie ein Meditierender das Gefühl habe, mich von meinem Körper gelöst zu haben. Ungeübt, wie ich darin bin, gleite ich zwar immer wieder zurück in mein Bewusstsein oder stoße unbeabsichtigt leicht an Mariannes Körper, was mich wiederum aus meiner Versenkung holt. Bald aber gelingt es mir, diesen Zustand länger aufrechtzuerhalten, und ich erlebe etwas, das ich so vorher noch nie erlebt habe. Es ist, als würde ich in einer Art Fruchtblase schweben, ja, ich empfinde gar die Luft selbst, die ich in totaler Finsternis und Geräuschlosigkeit atme, als Flüssigkeit und die uns umgebende Atmosphäre der Welt als einzige große Fruchtblase. Nur ab und zu funkt mein Bewusstsein dazwischen, als würde es mich darauf aufmerksam machen wollen, dass es auch noch da ist, aber diese Störsignale werden immer seltener, bis ich mich endlich ungestört weiter von mir selbst und meiner Umgebung entferne.

Mehr und mehr kommt mir auch das Zeitgefühl abhanden – als hätte die Zeit keine weitere Funktion in diesem Selbstversuch. Ich denke nicht mehr an Marianne, ich denke gar nicht. Ich kann deshalb auch nicht mit Gewissheit sagen, wann dieses Gefühl zu schrumpfen begonnen hat. Ich weiß nur noch, dass ich irgendwann anfing, den Raum um mich als etwas zu spüren, das sich langsam auszuweiten schien. Zuerst kam es mir vor, als habe er sich leicht vergrößert. Bald darauf glaubte ich in einer sich mit jedem meiner Atemzüge ausdehnenden Halle zu liegen, und als nächstes schien ich mich im Freien zu befinden, ganz so, als würde ich in einem körperwarmen Weltall schweben mit einer Sternengalaxie über mir, oder als würde ich mich selbst in endloser Ausdehnung umfassen und in mir schweben.

Wie grenzenlos war meine Überraschung, als auf einmal das Licht im Floating-Raum anging und ich allmählich wieder zu Bewusstsein gelangte. Ich trieb inmitten eines riesigen Beckens, das mir so groß zu sein schien wie ein See, und darin ich, winzigklein. Alles andere im Raum war überdimensional – den Duschkopf, den ich an der gekachelten Wand gegenüber erblickte, sah ich als perforierte und auf den Kopf gestellte Kirchenkuppel, der Beckenrand war so hoch wie eine Steilküste, und Marianne neben mir war wie ein Seeungeheuer, ein Wal. Sie ist zur Riesin gewachsen, dachte ich, als ich sie endlich erkannte, aber plötzlich wurde mir bewusst, das nicht sie gewachsen war, sondern ich geschrumpft sein musste.

Das Folgende erlebte ich wie in einer ununterbrochenen Panikattacke. Ich sah, bei jeder ihrer Bewegungen durch Wellenberge und -täler geschaukelt, wie sich Marianne aufsetzte und um sich blickte. Daraus schloss ich, dass ich mit freiem Auge nicht mehr zu sehen war. Marianne stieg, sichtlich verwirrt, aus dem Becken. Ich bekam mit, wie sie in einen Bademantel schlüpfte, den Raum verließ und kurz darauf mit dem ebenfalls einigermaßen fassungslos wirkenden Rezeptionisten dastand. Ich konnte sie Sätze sagen hören wie: «Aber das ist ja nicht möglich», und: «Er kann ja nicht verschwunden sein». Ich wollte ihnen etwas zurufen, aber es kam nur ein zartes Wispern und Geraschel aus meinem Mund, in einer ihnen offenbar unzugänglichen Frequenz. Ich sah, wie das Richard-Dreyfuss-Double einen Knopf drückte, und merkte, wie sich das Becken mit gurgelnden Lauten zu entleeren begann.

In diesem Moment war mein Schicksal besiegelt. Ich, der Fast-Unsichtbare, der zur Größe eines Staubkorns Geschrumpfte, geriet in den Strudel. Das Letzte, was ich sah, bevor ich vom Abfluss verschluckt wurde, war das entgeisterte Gesicht einer gigantischen Marianne und das verzagte und doch immer noch leicht verschmitzte Gesicht von Richard Dreyfuss. Der Weg, den ich seitdem zurückgelegt habe, führte mich durch die Kanalisation, durch Bäche und Flüsse bis ins Schwarze Meer und weiter in die Ozeane. Jetzt treibe ich schon eine Ewigkeit auf der Oberfläche des Pazifik, der wie ein lidloses Auge dem unermesslichen Weltenraum entgegenblickt, starr, furchtlos und gleichgültig. Was auch immer noch kommen mag, ich erwarte es geduldig. Ich warte, denn mir scheint, ich habe Zeit.

VI

Immer wenn Marianne dieses verschmitzte, leicht abwesende Lächeln aufsetzt und diesen gieksenden Ton in der Stimme hat, weiß ich: Halt, da kommt jetzt was!

Und richtig – unvermittelt fragt sie mich: «Könntest du etwas für mich erledigen?»

«Gerne», antworte ich, «aber die Geschäfte sind um die Zeit schon geschlossen.»

«Es geht um keinen Einkauf», fängt sie etwas zögerlich an.

«Na, spuck's schon aus!», helfe ich nach.

«Es handelt sich eher um ein Abenteuer. Oder wenn du willst: eine Mission. Oder, weniger spektakulär ausgedrückt, um eine Erfahrung.»

«Aha», sage ich.

«Es ist aber auch eine Überraschung», fährt sie fort.

«Okay.»

«Das heißt, du darfst nicht zu viel nachfragen. Du musst meinen Anweisungen genau Folge leisten.»

«Okay», sage ich nochmals und betrachte dabei Marianne, die tief in sich hinein zu lächeln scheint, «schieß los!»

«Also», hebt sie an und blickt mir dabei geradewegs in die Augen, «ich brauche unbedingt ein bestimmtes Buch. Noch heute. Das Buch ist von Franz Kafka und heißt *Das Schloss*. Ich brauche es in einer bestimmten Ausgabe, und ich brauche ein bestimmtes Exemplar dieser Ausgabe. Dieses Exemplar ist in meinem Besitz. Es befindet sich an einem bestimmten Ort. Ich würde dich bitten, dorthin zu fahren und mir dieses Buch zu bringen.»

«So weit, so klar», sage ich.

«Willst du das tun?»

«Ja, kann losgehen! Wohin geht die Reise?»

«Du musst das Auto nehmen. Das Haus, in dem das Buch aufbewahrt ist, liegt etwas über eine Stunde in nördlicher Richtung, also fährst du über die Nordautobahn. Ich werde dir mein Headset für dein Telefon geben und dir den Weg ansagen. Du darfst weder Karte noch GPS verwenden.»

«Okay.»

«Wenn du bei diesem Haus ankommst, darfst du kein Licht machen. Kein Licht! Hast du verstanden? Das ist absolut wichtig. Nicht einmal das Bildschirmlicht deines Telefons, sonst ist die Überraschung geplatzt. Ist das klar?»

«Yessir!», lache ich.

«Du wirst also zu keinem Zeitpunkt, wenn du dich vor oder in dem Haus aufhältst, irgendeine Lichtquelle benutzen.»

«No, Sir!», sage ich im Tonfall bedingungslosen Gehorsams.

«Das Haus ist übrigens ziemlich groß», fügt Marianne hinzu. Sie klingt fast ein wenig verlegen, als sie das sagt. Sie senkt ihren Blick, wie um sich zu sammeln, dann steht sie auf, geht ins Vorzimmer, öffnet die Schublade der Kommode, gibt mir ihr Headset, den Autoschlüssel und einen Schlüsselbund.

«Das sind die Schlüssel vom Haus. Alles klar?», sagt sie lachend und umarmt mich.

«Logisch!»

«Hast du noch Fragen?»

«Nein, ich glaube nicht. Kafkas *Schloss*?»

«Ja.»

«Na, dann schauen wir einmal, ob ich das schaffe. Das hat ja bekanntlich noch keiner finden können.»

Statt zu antworten, legt Marianne ihren Zeigefinger an die Lippen, dann gibt sie mir einen Kuss, und ich mache mich auf den Weg.

Um diese Zeit ist wenig Verkehr, also komme ich flott voran. Nach genau fünfundvierzig Minuten ruft Marianne an. Ich klemme den Kopfhörer-Clip an mein Ohr und hebe ab.

«Wo bist du?»

Ich nenne ihr die nächste Abfahrt.

«Gut, du nimmst die übernächste und fährst dann links und immer weiter geradeaus.» Sie nennt mir eine Ortschaft, bei deren Einfahrt ich mich melden soll.

Und so mache ich es. Als ich mit dem Auto vor dem Ortsschild stehe, rufe ich sie an.

«Gut gemacht. Ich werde von nun an in deinem Ohr bleiben», haucht sie ins Telefon.

«Ich bitte darum», erwidere ich.

«Bis du das Buch gefunden hast.»

Ich höre durch den Ohr-Clip ein verhaltenes Gläserklirren.

«Hast du Besuch?», scherze ich.

«Nein, ich gönne mir nur zur Feier der Nacht eine Flasche Champagner.»

«Prost!», sage ich.

«Zum Wohl», sagt sie.

«Wem gehört eigentlich dieses Haus?»

«Mir.»

«Du hast mir noch nie davon erzählt.»

«Wie gesagt», lacht sie, «es soll ja auch eine Überraschung sein. Fahr jetzt in den Ort, beim Feuerwehrhaus links die Anhöhe hinauf. Am Ende der Straße beginnt rechts eine Allee, da fährst du bis ans Ende.»

Ich folge Mariannes Anweisungen und stehe nach wenigen Minuten vor dem von einem Bauzaun versperrten Eingang zu einem alten, desolat aussehenden Schloss.

«Kafkas *Schloss* in einem Schloss?», sage ich. «Sehr originell! Oder handelt es sich gar um *das* Kafka-Schloss?»

Marianne geht nicht darauf ein, sie gibt mir stattdessen weitere Instruktionen: «Also, wie abgemacht, ab jetzt kein Licht mehr, ja?»

«Und wie soll ich da was sehen?»

«Darum geht es ja! Außerdem, ein bisschen Mondlicht müsste es ja geben.»

Ich steige aus dem Auto. «So», höre ich Mariannes Stimme in meinem Ohr. Ich höre auch, dass sie sich eine Zigarette anzündet.

«Du sollst nicht so viel rauchen», sage ich, aber auch darauf geht sie nicht ein.

«Du musst jetzt rechts von diesem Bauzaun durch das kleine Loch dort schlüpfen. Da ist ein Loch in dem alten Zaun, wo es runter zum Burggraben geht, und dann kannst du auf der anderen Seite durch ein anderes Loch rauf auf die Brücke.»

«Ich soll da jetzt in dieses Schloss einbrechen, oder was? Da ist ein Schild. Privatbesitz. Zutritt verboten. Wofür hast du mir Schlüssel mitgegeben?»

«Bleib locker. Du wirst schon sehen.»

Ich folge ihren Anweisungen und stehe kurz darauf auf der Brücke, die zum Schlosshof führt. Ich bemerke, dass es leicht zu regnen beginnt.

«Geh weiter!»

Ich gehe weiter. Dank des schwachen Lichts von der Mondsichel kann ich ein bisschen etwas erkennen. Der ziemlich große Schlosshof ist zugewachsen mit hüfthohem Gras und Strauchwerk, in der Mitte steht ein abgestorbener Baum.

«Geh durch den Schlosshof, da ist ein Weg, wo das Gras niedriger ist, dann links durch den Bogen in den kleinen Hof. In der rechten Ecke ist eine Tür, die öffne mit dem größeren Schlüssel.»

«Muss ich dann auch gegen irgendwelche Zombies kämpfen? Ich komme mir ja schon vor wie in einem Computerspiel!»

Marianne bleibt mir die Antwort schuldig, was mich für ein paar Sekunden beunruhigt.

Ich durchquere den kleineren Nebenhof, finde die

Tür, hole den Schlüsselbund aus meiner Hosentasche und sperre auf. Es fällt gerade so viel Mondlicht ins Innere, dass ich mit Mühe die Treppe vor mir erkennen kann. Ich trete ein.

«Bist du drinnen?», fragt Marianne.

«Ja.»

«Mach die Tür hinter dir zu!»

«Aber dann ist es stockfinster.»

«Ich werde dir genau sagen, wie du gehen musst, du wirst sehen, das ist kein Problem.»

Ich gehorche, lasse die Tür hinter mir zufallen und stehe im Finstern.

«Jetzt die Treppe hinauf. Dir kann nichts passieren. Es sind dreiundzwanzig Stufen. Oben dann nach rechts, da ist noch einmal eine Treppe, wie im zweiten Stock. Im dritten Geschoß bleibst du dann stehen, damit du einmal zu Atem kommst, du Sportskanone!»

«Sehr lustig», sage ich und beginne langsam nach oben zu steigen. Die Arme strecke ich waagrecht nach vorne in die Dunkelheit. Im ersten Stock ist ein Fenster. Ich kann zu meiner Linken einen langen Gang mit weiteren Fenstern erkennen. Auf dem Boden liegen Schutt und Gerümpel. Irgendwo höre ich etwas rascheln. Mein Herz beginnt schneller zu schlagen.

«Da war ein Geräusch», flüstere ich.

«Das sind Tauben. Die kommen durch die kaputten Fenster. Bist du schon oben?»

«Gleich», will ich sagen, aber ich muss mich räuspern, weil mir die Stimme versagt.

«Alles klar?», fragt Marianne.

Ich grunze nur als Antwort, dann steige ich die zwei weiteren Stockwerke hinauf. Meine Augen haben sich fast schon an das Dunkel gewöhnt.

«Jetzt bin ich oben.»

«Gut. Das Abenteuer kann beginnen. Bist du bereit?»

«Ich bin mir nicht sicher.»

«Du darfst keine Angst haben.»

«Okay.»

«Geh jetzt nach links, den Gang entlang. Am Ende wieder links, bis du anstößt. Dort ist die zweite Tür. Die sperr auf.»

Ich gehe also links den Gang entlang. Durch die Fenster höre ich den Regen, der mittlerweile schon recht heftig geworden ist. Ich biege links ab, finde die Tür, schließe auf und stecke den Schlüssel wieder ein.

«Und weiter?», frage ich leise.

«Bist du drinnen?»

«Noch nicht.» Irgendwie ist mir nun doch ziemlich mulmig zumute. «Hältst du mich eigentlich die ganze Zeit zum Narren?»

«Hör zu», sagt Marianne, und ihre Stimme ist eindringlich und sanft zugleich, «wenn du mir vertraust und keine Angst hast, kann dir nichts geschehen. Wichtig ist, dass du das Buch findest. Also tritt ein. Und schließ die Tür hinter dir!»

Ich erwidere nichts darauf, aber ich gehorche und trete ein und mache die Tür hinter mir zu. Hier sind keine Fenster, es ist völlig dunkel. Ich kann auch nicht abschätzen, wie groß der Raum ist, den ich betreten habe. Ich stehe starr da und atme flach.

«Und?», fragt Marianne.

«Ja, da wären wir! Hübsche Aussicht. Die Tapete mit den Palmen ist vielleicht ein wenig kitschig, aber sonst ganz gemütlich», sage ich in jovialem Tonfall, um mir wieder Mut zu machen.

«Bestens!»

Ich höre, wie sie sich noch eine Zigarette anzündet und einen Schluck Champagner nimmt. Ich warte auf weitere Instruktionen, aber Marianne schweigt.

Plötzlich habe ich das Gefühl, als würde der Boden etwas schwanken. Oder als wäre mir schwindlig geworden. Ich muss mich mit dem Rücken an die Tür lehnen, um nicht umzukippen. Adrenalin schießt mir ins Blut, mein Puls rast. Ich vernehme Mariannes Stimme.

«Pass genau auf: Wenn du ungefähr zehn Schritte geradeaus machst, solltest du an einen Schreibtisch stoßen. Los!»

Ich tappe vorsichtig und im Schneckentempo vorwärts. Nach acht kleinen Schritten stoße ich mit meinem rechten Oberschenkel an etwas.

«Ja, und weiter?»

«Dreh dich nach rechts und mach wieder circa zehn Schritte geradeaus. Da befindet sich die Tür zur Bibliothek. Sie ist nicht abgesperrt.»

Ich tue wie befohlen und ertaste nach ein paar Schritten eine Türschnalle. Ich drücke sie hinunter, die Tür geht mit einem Knarren auf. Am Hall kann ich erahnen, dass die Bibliothek die Ausmaße eines Saales haben muss. Sie ist ebenfalls fensterlos und also stockdunkel.

«Du musst dich jetzt links halten», weist mich Marianne an. «Aber pass auf, vorne stehen Tische. Geh am besten gleich scharf links und taste dich dann an der Bücherwand entlang, bis du bei der Wendeltreppe bist, die zur Galerie führt.»

«Okay», presse ich hervor und tappe wie ein Blinder nach links, bis ich an ein Hindernis stoße: die Bücherwand. An ihr gehe ich langsam entlang. Ich kann mit meinen Fingern die Buchrücken spüren, alte, lederne. Von draußen höre ich Donner und prasselnden Regen. Und anscheinend ist das nächste Geschoß über mir bereits der Dachboden, weil ich auch von oben das Geprassel höre. Auf einmal steht mir da etwas im Weg. Ich ertaste einen hölzernen Handlauf, es muss sich um die Wendeltreppe handeln.

«Wendeltreppe!», keuche ich.

«Steig hinauf. Gleich hast du es geschafft.»

Ich mache mich an den Aufstieg, mit gesenktem Kopf, weil ich Angst habe, irgendwo anzustoßen. Das Holz der Treppe knarrt bedrohlich, aber es hält. Durch den Ohr-Clip kann ich das Knallen eines Champagnerkorkens hören, aber ich bin gerade zu erschöpft, um das zu kommentieren.

Als ich spüre, dass ich auf der Galerie angekommen bin, flüstere ich: «Bin oben. Und jetzt?»

«Bravo», jauchzt Marianne, «bravissimo! So weit hat es noch keiner geschafft. Du bist ganz nahe.»

«Was soll das heißen: noch keiner geschafft?»

Marianne wird wieder sachlich: «Wenn du jetzt mit dem Gesicht zur Bücherwand stehst, befindet sich das Buch am Ende des Regals zu deiner Rechten, auf Schulterhöhe.»

«Wie soll ich das finden, fuck noch einmal, das ist doch unmöglich!»

Ich bin nun vor Aufregung wütend.

«Vertrau mir», raunt Marianne besänftigend, «ich helfe dir, aber du musst gut aufpassen.»

«Ja, mach schon, ich pass verdammt gut auf, das kannst du mir glauben!», antworte ich.

«Und hüte dich, Licht zu machen!», fügt sie mit einer Stimme hinzu, deren plötzliche Strenge mir Gänsehaut verursacht.

«Also, wo soll ich schauen?», sage ich ungeduldig.

Ich höre nur Schweigen, dann auf einmal Mariannes Stimme, die irgendwie klingt, als wäre sie aus dem Konzept gebracht worden: «Entschuldige!»

«Ja, was?», sage ich und kann meinen Ärger dabei nicht unterdrücken.

«Entschuldige», wiederholt sie, «es gibt da ein ... ein Problem ...»

«Ja?»

«Ich meine, es gäbe da eine kleine Kurskorrektur.»

«Nämlich?»

«Es ist ... weißt du, kannst du bitte ein anderes Buch suchen?»

Da ich mittlerweile nur noch hier raus will, antworte ich: «Okay, kein Problem, welches hätten wir denn gerne stattdessen?»

«Fein. Kannst du mir bitte das Buch von Giorgio Manganelli *La palude definitiva* mitbringen? Das muss auch dort stehen.»

Jetzt muss ich lachen: «Logisch, Sweetheart, für dich tu ich alles. Aber wo circa ist es denn zu finden? Es ist hier nämlich ein bisschen finster, und ich kann so schlecht sehen, weil ich meine Taschenlampe vergessen habe!»

Marianne bleibt ruhig, wirkt aber immer noch angespannt: «Rechts müsstest du gleich mehrere große, in Leder gebundene Atlanten ertasten können. Und noch ein bisschen weiter rechts, ein oder zwei Regalreihen – – – »

Ich höre ein Knacksen.

«Ja? Und weiter?», frage ich.

Nichts.

«Hallo? Wo jetzt?»

Keine Antwort.

Fuck, denke ich, jetzt reicht es! Ich reiße das Headset herunter und hole mein Telefon aus der Hosentasche. Es ist schwarz. Ich drücke auf die Aktiviertaste, aber es tut sich nichts. Ich wische mit der Hand über das Display, ergebnislos.

Vor Schreck bin ich wie gelähmt. Im selben Augenblick ist wieder dieses Schwanken zu spüren. Ich muss mich am Bücherregal festhalten. Als es aufhört, versuche ich noch einmal, mein Telefon einzuschalten, aber offenbar ist der Akku leer. Ich bemühe mich, ruhig zu bleiben.

«So», sage ich zu mir, «diese Mission ist gescheitert. Du gehst jetzt langsam zurück, verlässt dieses Schloss und fährst nach Hause. Aber ohne Panik. Geordnet verlassen wir den Saal!»

Weil ich mich aber noch nicht ganz geschlagen geben will, fahre ich mit der Hand über die Bücherrücken vor mir. Doch wie soll ich denn dieses Buch finden, wenn ich nicht einmal weiß, wie es ausschaut?

Schon wieder geht ein Schwanken und Rumpeln durch den Raum. Es knarrt so laut, dass ich befürchten muss, die Bibliothek bricht zusammen. Ich kauere mich auf den Boden der Galerie. Jetzt ist mir auch eiskalt. Ich frage mich, wie lange ich das noch durchhalte. Das Schwanken wird zum Glück bald ruhiger, es ist mehr wie ein Ausschwingen, und ich komme mir vor wie auf einem Schiff, das soeben losgetäut wurde und nun auf den Wellen schaukelt.

Ich krabble zur Wendeltreppe, haste sie hinunter, laufe durchs Dunkel dorthin, wo ich die Tür vermute, stoße dabei mehrmals gegen Hindernisse, wahrscheinlich die Tische, von denen Marianne gesprochen hat. Irgendetwas geht zu Bruch, ich ertaste die Tür, bin im Vorraum, halte mich links, stoße gegen die Wand und bewege mich an ihr entlang, aber ich kann die zweite Tür nicht finden. «Ganz ruhig», sage ich laut. Vielleicht habe ich mich in der Aufregung ja geirrt, und die Tür befindet sich rechts. Also tappe ich zur anderen Seite des Raums, haue mir an etwas den Oberschenkel an, vermutlich am Schreibtisch, umrunde ihn, bleibe mit dem Fuß irgendwo hängen, etwas fällt zu Boden, ein Klirren. Panisch stolpere ich voran, stoße mit dem Kopf an eine Wand, taste mich weiter, spüre etwas wie einen hölzernen Fensterladen mit abgeblättertem Lack, ertaste einen Griff, drehe ihn, es ist tatsächlich der Griff einer Holzjalousie. Ich öffne sie, und durch eine gänzlich verstaubte Glasscheibe fällt ein wenig Licht. Ich finde den Fensterriegel, reiße das Fenster auf und blicke durch den Regen auf ein bis zum Horizont vom fahlen Schimmer der hinter tiefhängenden Wolken verborgenen Mondsichel beleuchtetes, aufgewühltes und sich in seinem wütenden Wellenspiel und seiner spritzenden Gischt selber verschlingendes, unermessliches, graues Meer.

VII

Eines unserer Spiele – und Spiele gibt es zu spielen bekanntlich viele – besteht darin, dass Marianne und ich von Zeit zu Zeit ausschließlich über Zitate kommunizieren. Es ist nicht so, dass wir uns dafür verabreden, so wie man etwa beschließt, morgen am Abend miteinander *Mensch ärgere dich nicht* zu spielen, sondern es entsteht meist aus einer Lust, einer Laune, einer spontanen Regung.

Marianne und ich sammeln Zitate aus den von uns über die Jahre gelesenen Büchern, ob in Übersetzung oder im Original. Beide haben wir, wie wir einmal feststellten, auf unseren Computern einen eigenen Ordner mit Sätzen, die es uns, aus welchem momentanen oder weiterreichenden Grund auch immer, angetan haben.

Und an einem Tag wie heute kann es passieren, dass ich am späten Nachmittag nichts mehr mit mir anzufangen weiß und deshalb per WhatsApp diese Nachricht an Marianne schicke: *Was machst du?*

Prompt erhalte ich die Antwort: *Nichts Besonderes.*

Sie also auch, denke ich mir. Es kann losgehen. Also kopiere ich folgenden Satz aus meiner Zitatendatei in die nächste Nachricht: *Ich trotte heute so allein durch meinen Affenwald …* (Otto Mainzer)

Es dauert nicht einmal eine halbe Minute, schon

folgt ihre Antwort: *The contradiction is not new: A lost thing looks for a lost name.* (W. H. Auden)

Ich beschließe, gleich zur Sache zu kommen, und schicke dieses Zitat: *Jeder Mann gleicht einer Insel. In sich selbst eingesperrt, emotional isoliert, unfähig, mit anderen zu kommunizieren, hat der Mann einen Horror vor der Zivilisation, vor Menschen, vor der Stadt, vor Situationen, die die Fähigkeit verlangen, Menschen zu verstehen und mit ihnen in Beziehung zu treten.* (Valerie Solanas)

Ich habe Marianne das Buch von Solanas, das berühmt-berüchtigte Manifest zur Abschaffung der Männerschaft, vor kurzem geborgt. Ihre Antwort kommt schnell und lautet: *Fast immer ist das Unglück Anzeichen einer Fehlinterpretation des Lebens.* (Henry de Montherlant)

Ich muss schmunzeln. Marianne ist fix bei der Sache, jetzt muss ich genauso schnell kontern. Ich entscheide mich für das folgende Zitat aus meiner Sammlung: *Gewissen Erinnerungen darf ich nicht in die Arme sinken, weil sie sind wie die jungen Mädchen; von reiner, gnadenloser Seele, anbetungswürdig und grausam in ihrer unbekümmerten Lockung.* (Paul Fröhlich)

Aber schon kurz nachdem ich es abgeschickt habe, bin ich unzufrieden mit meiner Wahl. Ich stehe auf, um mir einen Caipirinha zu machen. Noch bevor ich die erste Limette auseinandergeschnitten habe, kommt Mariannes Replik:

Whoever disenchants
A single human soul
By failure or irreverence
Is guilty of the whole
(Emily Dickinson)

Ich bin mir nicht ganz sicher, ob ich diese Zeilen in ihrem ganzen Ausmaß verstehe. Vorsichtshalber, sozusagen zur Verwirrung, lasse ich diesen Satz auf Marianne los: *Und der junge Mann auf seinem mit Benzinkanistern beladenen Dreirad hört zu singen auf, steuert verwegen auf ein im Wege stehendes junges Mädchen zu und ruft: «He, paß auf!»* (Vasco Pratolini) Ich komme mir gleichzeitig raffiniert und lächerlich vor, gerade diesen Satz ausgewählt zu haben, aber es liegt auch daran, dass er mir zufällig beim Herumscrollen ins Auge gesprungen ist. Ich habe den braunen Zucker, den Limettensaft und den Cachaça mit zerstoßenen Eiswürfeln vermengt, aber noch ist keine Antwort eingetrudelt, was mich etwas nachdenklich stimmt. Aber es ist denkbar, dass Marianne gerade die Wäsche aus der Maschine genommen hat und sie jetzt aufhängt oder einen Anruf von ihrer Mutter bekommen hat und deswegen nicht in der Sekunde antworten kann.

Eben, als ich meinen Drink koste, erreicht mich ihre Replik: *Ich wage heute an der Lauterkeit der Motive derer zu zweifeln, die vor der Katastrophe warnten und zur Vorbereitung aufriefen. Wünschten sie nicht vielleicht die Katastrophe herbei, um andere auf die*

Knie zu zwingen, während sie selbst sich im Chaos be-
heimatet fühlten? Und trieb sie nicht die Lust, sich sel-
ber zu erproben, aber auf Kosten des vertrauten Da-
seins? (Hans Erich Nossack)

Ich nehme gleich noch einen Schluck, mein
Schmunzeln ist diesmal eher ein bitteres.

Beim nächsten Zitat probiere ich es meinerseits
mit der vielleicht etwas zu simplen Selbstbeschuldi-
gungsvariante: *Die Titanen waren solche Götter, die*
nur in der Mythologie eine Rolle spielten. Ihre Rolle ist
– selbst wenn scheinbare Siege dem endgültigen Schluß
der Geschichten vorausgehen – immer die Rolle der Un-
terlegenen. Diese Unterlegenen trugen die Züge einer
älteren männlichen Generation, Züge von Ahnen, deren
gefährliche Eigenschaften in den Nachkommen wieder-
kehren. (Karl Kerényi)

Marianne durchschaut diesen Spielzug natürlich,
wie mir ihre nächste Nachricht zeigt: *Wenn man*
schon verlieren muss, kann man auch schön verlieren.
(Réjean Ducharme)

Dass ich jetzt einen großen Schluck von meinem
Caipirinha nehme, ist im Grunde ein Eingeständnis,
dass dieser Punkt an sie ging. Mit dem Glas in der
Hand kontere ich:

Alles hat seinen Wert verloren.
Das weiße Meer einer Frühlingsnacht
überflutet die Felder, die Gärten.
Eine Ahnung der Zukunft geht an uns vorbei.
(Srečko Kosovel)

Mir ist klar, dass es eher ein Akt der Schwäche ist, die Weltschmerz- und Selbstmitleidskarte auszuspielen, aber nun ist es schon geschehen.

Ziemlich rasch bekomme ich von ihr zu lesen: *Denn der größte Erfolg des Feindes, des Gegners, ist, wenn du dich vom Leben lossagst, wenn du am Leben verzweifelst, dir einredest, dass alles vergeblich, sinnlos ist, dass es keine Möglichkeit der Verbesserung, der Entwicklung in deinem Leben gibt und dass dir Glück und Seelenruhe für immer versagt bleiben. Wenn du dich aber nicht ergibst, wenn du dich gegen die Verzweiflung wehrst, ihr die Schönheit und Kraft entgegenstellst, den menschlichen Körper, der unbeugsam und unantastbar bleibt, bereit, sich dem Leben und der Liebe hinzugeben: Das ist Kampf, ein wesentlicher Kampf.* (Jannis Ritsos)

Es ist lieb von Marianne, dass sie auf ihrem soeben errungenen Vorteil nicht herumreitet. Andererseits ist es auch ein durchschaubarer Schachzug, mir den Wind aus den Segeln zu nehmen, indem sie mich an den Ausgangspunkt zurückverweist. Sie hat meine implizite Nachgiebigkeit zwar auf feinsinnige Weise vorausgesehen, aber gerade das ärgert mich, und ich lege nach: *Ein Baum der Erkenntnis nach dem anderen wird gefällt, und alle mit der Behauptung, wir brauchen Holz. Also gibt es am Ende weder Bäume mehr, noch Erkenntnisse, nicht einmal mehr Holz.* (Nicolas Born)

Für diesen Satz muss ich mich zumindest nicht schämen, denke ich, leere mein Glas und warte eine Weile. Nach einer guten Minute langt dieses Zitat ein:

Von dem blühenden Kirschbaum
Fällt ein Blütenblatt
In weiten Kreisen auf die Erde.
Die Welt ist still.
(Paul Ernst)

Sie beherrscht also auch dieses Register. Ich danke ihr trotzdem insgeheim und mache mich daran, noch einen Caipirinha zu mixen. Damit es aber nicht den Anschein hat, als ob ich nichts mehr auf Lager hätte, schicke ich vorher schnell noch dies ab:

The future seemed unnecessarily black and strong
as if it had received my casual mistakes
through a carbon sheet
(Leonard Cohen)

Schneller als ich schauen kann, taucht ihre Antwort auf meinem Bildschirm auf:

Ist nicht, wer Böses fürchtet,
schon selber bös genug?
(Josef Weinheber)

Ich muss schlucken, dieser Return hat gesessen. Ich kann mir jetzt natürlich aussuchen, ob sie den Urheber des Zitats oder mich damit gemeint hat, aber meine Selbsttäuschungsfähigkeiten reichen dann doch nicht aus, um mir etwas vorzumachen. Anscheinend habe ich meine Gegnerin unterschätzt. Während ich den zweiten Drink zubereite, überlege ich eine geeignete Gegenwehr. Ich setze mich mit dem Glas vor den Computer und durchforste meine Datei, aber mir will nichts Passendes ins Auge springen. Endlich entdecke ich etwas, das die Situation wieder etwas entschärfen könnte. Allerdings geht es erneut in Richtung Selbstbemitleidung. Egal, denke ich und drücke auf Senden: *Quand je revins à la vie, mon visage était mouillé, mais mouillé de larmes. Combien dura cet état d'insensibilité, je ne saurais le dire. Je n'avais plus aucun moyen de me rendre compte du temps. Jamais solitude ne fut semblable à la mienne, jamais abandon si complet!* (Jules Verne)

Dieses Zitat aus *Die Reise zum Mittelpunkt der Erde* scheint mir irgendwie versöhnlich. Außerdem stimmt es ja wirklich, wie ich mir bei einem Schluck aus meinem Glas zurede, mit meiner momentanen seelischen Verfassung halbwegs überein.

Ich staune, als ich Mariannes Entgegnung, die wie aus der Hüfte geschossen wirkt, zu lesen bekomme:

– *Quoi! vous croyez encore à quelque chance de salut?*

– *Oui! certes, oui! et tant que son cœur bat, tant que sa chair palpite, je n'admets pas qu'un être doué de volonté laisse en lui place au désespoir.* (ebenfalls Jules Verne)

Sie hat eindeutig das Ruder in der Hand. Ich verzichte auf einen weiteren Schluck und suche stattdessen schon etwas hektisch nach einem Zitat, das mich wieder Oberwasser gewinnen lassen könnte. Schließlich entscheide ich mich dafür:

Eres la sed o el agua en mi camino?
Dime, virgen esquiva y compañera.
(Antonio Machado)

Abgesehen davon, dass es aus einem wunderschönen Gedicht stammt, impliziert die Frage, ob die darin Angesprochene das Wasser oder der Durst sei, die Perfidie, dass ich Marianne vor die Wahl stelle, mir helfen oder mich quälen zu wollen. Ein unfairer Trick. Aber was macht man nicht alles, wenn man merkt, dass man verliert.

Ihre Replik jedoch fällt so aus, dass weiterhin alles in der Schwebe bleibt:

Still, mein Herz!
Nicht denken! Das Denken laß nur im Kopfe!
(Fernando Pessoa)

In diesem eindeutig Uneindeutigen, dieser offensichtlich mit einer Aufforderung zum Konter verbundenen Schwebehaltung komme ich nun unausweichlich in Zugzwang. Ich muss Farbe bekennen. Marianne ist sichtlich die bessere Taktikerin von uns beiden, und eigentlich kann ich nur verlieren, denke ich.

Also lasse ich folgende Songzeilen für sich selber sprechen:

But it really doesn't matter at all
No, it really doesn't matter at all

Life's a gas,
I hope it's gonna last
(Marc Bolan)

Den fatalistisch-selbstmitleidigen Grundtenor werde ich wohl bei unserem heutigen Match nicht mehr los. Also besser noch einen Schluck, wenn das Spiel ohnedies schon verloren ist.

Mariannes Antwort hingegen ist dann wieder so entwaffnend liebevoll und wohlwollend, dass mir fast Tränen in die Augen treten:

When darkness comes your way, you know to stay
away
You got to step in the light
Say goodbye to the night
(Will Oldham)

Ich bin knapp davor, das Spiel abzubrechen und Marianne zu schreiben, dass ich ja prinzipiell gar nicht so düster denke, sondern nur heute eben nichts mit mir anzufangen weiß und trüben Gedanken nachhänge und so weiter, aber dann regt sich in mir der Impuls, mich doch noch nicht geschlagen zu geben. Ich denke an den *Rumble in the Jungle*, den Kampf zwischen Muhammad Ali und George Foreman, und lasse diesen vermeintlich listigen und eine Meta-Ebene öffnenden Satz vom Stapel: *Ich mir übrigens nie so recht trau!* (Robert Walser)

Mariannes flott einlangende Antwort scheint mir

hingegen ein bisschen beliebig: *Hold on, when every-thing's gone.* (J. J. Cale)

Das ist, wie ich finde, wirklich ein etwas schwaches Zitat, was darauf hindeuten könnte, dass meine Gegnerin selbst schon etwas müde ist. Ich beschließe, ans Eingemachte zu gehen, und präsentiere dies: *Und nun kommt die Ironie: die Frau wünscht den Mann überlegen, aber ihr Mittel, um seine Überlegenheit anzustacheln, ist der Versuch ihn zu unterjochen. Läßt er sich unterjochen, so ist es um ihn geschehn; sie kann ihn nur mehr verachten. Aber gleichzeitig findet auch das Umgekehrte statt: der Drang des Mannes, die Frau zu seinem Eigentum zu machen. Läßt sie das geschehen, so verliert er das Interesse an ihr, und wendet sich, zumindest in seinem Verlangen, anderen Eroberungen zu.* (Georg Stefan Troller)

So, das müsste gesessen haben! Doch gleich darauf erreicht mich Mariannes Erwiderung: *Mit dem stillen Zynismus der Frau beobachtete sie, wie die eine Hälfte der Menschheit heimlich, aber unbeirrbar alles sabotiert, was der anderen Hälfte so unendlich wichtig erscheint. Keinesfalls aber wünschte sie in einer weiblichen Welt der Nützlichkeit und Vernunft zu leben, in der es zwar keine gigantischen Kriege, keinen Hunger, aber auch nichts mehr zu lachen gäbe.* (Marlen Haushofer)

So einfach lasse ich mich nicht einkochen, denke ich. Ich wittere einen Hinterhalt, kann ihn aber nicht genau ausmachen. Also beschließe ich, einfach noch eins draufzusetzen. Doch diesmal haue ich richtig zu. Das Zitat, das ich jetzt, nach einer konzentrierten Durchsicht meines Waffenarsenals, für den finalen Angriff wähle, besticht in meinen Augen durch eine doppeldeutig-subversive Kraft, die den scheinbaren Verlierer als in letzter Instanz überraschenden Gewinner ausweist, und zwar so: *Dieses Ideal der fast totalen Kontrolle der Affekte und Bedürfnisse illustriert sehr schön eine Anekdote der Fulbe, in der ein fast verdursteter Mann während eines Besuches bei einer von ihm verehrten Frau eine Kalebasse voller Milch sieht. Nachdem die Frau die Hütte verlassen hat, um die Kühe zu melken, ringt der von Durst halb wahnsinnige Mann sich dazu durch, heimlich einen winzigen Schluck aus der Kalebasse zu nehmen. Doch dabei rutscht er aus und fällt mit dem Gesicht in die Milch, die an die Wände der Hütte spritzt. In seiner Verzweiflung darüber, daß die Frau bei ihrer Rückkehr seinen Mangel an Selbstbeherrschung feststellen muß, tut der Mann nun so, als sei er verrückt geworden – läuft laut muhend auf allen Vieren herum und beginnt, das Mobiliar zu demolieren.* (Hans Peter Duerr)

Als ich auf Senden drücke, fühle ich mich eigentlich bereits als Gewinner des Showdowns, obwohl mir zugleich auch bewusst wird, in was für eine Region des Kompetitiven wir uns da mittlerweile hochgeschraubt haben. Das war anfangs ja überhaupt nicht meine Absicht.

Ich warte eine Minute, ich warte zwei Minuten, ich warte drei Minuten und will mir schon den wohlverdienten dritten Caipirinha mixen, da sehe ich Mariannes Antwort auf dem Bildschirm aufpoppen. Ich lese: *Die rational eingestellten Männer werden weder aufmucken noch kämpfen noch beschämende Faxen machen, sondern sie werden sich gemütlich hinsetzen, die Schau genießen und fröhlich ihrem Ende entgegenschaukeln.* (Valerie Solanas)

Na bravo, denke ich, das kommt davon, wenn man jemandem solche Bücher zu lesen gibt! Aber in Wirklichkeit – und das will ich mir ganz und gar nicht eingestehen – fühle ich mich vernichtet, hat mich Marianne doch in ihrem sublimstrategischen Instinkt mit meinen eigenen Mitteln geschlagen. Wie betäubt bin ich gerade im Begriff, mich wieder aufzurappeln, um mir wenigstens noch einen Caipirinha zuzubereiten, da kommt eine weitere Nachricht von Marianne: *Magst du noch vorbeischauen?*

Ich starre diese Nachricht, die meine Niederlage besiegelt, ein paar Sekunden an, dann überlege ich kurz, suche ich in meiner Zitatendatei nach dem Gedicht von Leonard Cohen, das mit der Zeile *There are no traitors* beginnt, finde es, kopiere die Zeile, die mit dem Wort *Absence* anfängt, in die Eingabemaske und will sie schon an Marianne schicken, als ich mit einem Mal erstaunt bemerke, wie mein Finger über der Sendetaste zögert, und er zögert, und er zögert.

VIII

Ich sitze frühmorgens allein am Küchentisch in Mariannes Wochenendhaus und blättere in einer Werbebroschüre für smartes Wohnen, die ich anderntags im Postkasten gefunden habe. Gerade als ich über Wohnungstüren lese, die auch bei persönlicher Abwesenheit Leuten wie zum Beispiel Auslieferern eines Zustelldienstes Zutritt ins Haus gewähren, höre ich einen dumpfen Knall aus dem hinteren Raum, dem Gästezimmer. Es hat geklungen, als hätte jemand behandschuht energisch einmal gegen die Fensterscheibe geklopft. Ich bin leicht zu erschrecken, so auch in diesem Fall, also stehe ich auf, um mir Klarheit zu verschaffen, wer oder was das eben war.

Das Gästezimmer ist leer, und auch durch das Fenster ist nichts zu sehen außer der Linde und dem Vogelhäuschen, das ich vor einigen Tagen aufgestellt und mit Sonnenblumenkernen befüllt habe. Ich trete näher, blicke in das Beet vor dem Fenster und entdecke zwischen den verblühten Pfingstrosen einen Falken auf dem Rücken liegen. Offensichtlich ist er gegen die Scheibe geflogen und hat sich dabei das Genick gebrochen. Ich hege zwar kurz die Hoffnung, dass er ja vielleicht nur benommen ist und sich bald wieder erholt haben wird, aber es krampfen sich nur seine Krallen ein paarmal im Todeskampf zusammen, dann rührt er sich nicht mehr. Ich betrachte das edle Tier. Würde ich ihn jetzt in die Hände nehmen, wäre sein Körper noch warm.

Es ist nichts mehr zu machen. Ich kehre zurück an den Küchentisch, doch weiterlesen kann ich jetzt nicht mehr. Was ist denn in letzter Zeit mit den Vögeln los? Erst vor kurzem habe ich einen Storch gesehen, der einsam auf einer Straßenlaterne saß, obwohl er doch schon längst Richtung Süden unterwegs sein hätte sollen. Dann, vorgestern, diese Türkentaube, die ich fast mit dem Auto überfahren hätte. Man übersieht sie so leicht, weil ihr Federkleid fast dasselbe Grau wie der Straßenbelag hat. Und als ich gestern mit dem Buch in der Hand vom Spaziergang zurückkam, flog eine Schar Krähen vom Hausdach auf, und im Schlitz des Postkasten steckte eine schwarze Feder. Und am selben Tag die Meise, die sich ins Innere des Supermarkts verirrt hatte, panisch von Regal zu Regal flog und laut Auskunft der Kassierin schon seit dem Vortag nicht herauszulocken war.

Ich sitze eine Weile da und ahne, dass mir nichts übrigbleiben wird, als hinauszugehen in den morgendlichen Nebel, um den toten Falken irgendwo einzugraben. Aber ich zögere, erledige erst den Abwasch, kehre den Küchenboden, nehme die getrockneten Kleidungstücke und Handtücher vom Wäscheständer und lege sie gefaltet in den Schrank. Doch es hilft nichts, es wird nicht einfacher. Also verlasse ich das Haus, hole einen Spaten aus dem Geräteschuppen und gehe vor das Fenster des Gästezimmers.

Da liegt der Vogel. Ich blicke ihn nicht zu lange an, sondern überlege, wo ich ihn begraben könnte. Schließlich entscheide ich mich, ihn nahe der Linde am Feldrand zu beerdigen. Ich stoße den Spaten in den Boden, muss aber mit dem Fuß und meinem ganzen Körpergewicht nachhelfen, weil die Erde so trocken ist, dass ich kaum durchkomme. Da ein Falke größer ist als eine Meise oder ein Spatz, muss ich etwas tiefer graben, auch um zu verhindern, dass ein Marder oder sonst ein Tier den Kadaver nächtens ausbuddelt.

Ich grabe also doppelt so tief, wie die Spatenschaufel lang ist, gerate dabei aber an ein Hindernis, das ich selbst dann nicht durchstoßen kann, als ich mein ganzes Gewicht auf die Trittkante lege. Zuerst denke ich, dass es sich um einen Stein handelt, versuche es also einfach ein Fußbreit daneben, aber auch da komme ich nicht durch. Noch etwas weiter daneben dasselbe. Ich höre ein metallisches Geräusch, als ich den Spaten mit aller Kraft in die Erde stoße. Jetzt bin ich neugierig geworden, was das wohl ist. Ich hebe vorsichtig Schicht um Schicht ab, knie mich dann hin und entferne mit den Händen die harten, hellbraunen Erdschollen. Ich lege zuerst ein tellergroßes Stück frei, es sieht aus wie eine Blechplatte, dann arbeite ich weiter mit dem Spaten, bis ich eine Metallfläche im Ausmaß von circa vierzig mal dreißig Zentimeter vor mir habe. Ich mache an den Seiten weiter, natürlich will ich wissen, was das ist.

Während ich grabe, rinnt mir der Schweiß die Schläfen hinab. Minutenlang grabe ich weiter, dann kann ich erkennen, dass es sich um eine Truhe oder Kiste mit einem Verschluss handelt, schließlich komme ich mit dem Spaten unter die Unterseite und kann sie nach und nach aus dem Erdloch hebeln. Ich zerre die Kiste heraus und stelle sie neben die Grube. Bevor ich sie allerdings öffne, muss ich erst den Falken beerdigen.

Ich gehe zum Beet mit den abgeblühten Pfingstrosen, schiebe den Vogel auf die Schaufel und trage ihn zur Grube. Behutsam, als könnte er noch etwas spüren, lege ich ihn hinein und schiebe die Erdbrocken, die um das Loch herum liegen, mit dem Fuß nach, stampfe die Erde fest, aber weil das Volumen der ausgegrabenen Kiste fehlt, bleibt da eine Mulde. Ich nehme mir vor, sie später mit der Erde von ein paar Maulwurfshügeln aufzufüllen.

Was für ein Morgen! Zunächst stelle ich den Spaten zurück in den Schuppen, dann trage ich die nicht allzu schwere Kiste in den Hof. Ich hole aus der Werkstatt Hammer und Meißel und beginne, auf den Verschluss einzuschlagen. Weil die Kiste ohnedies schon ziemlich angerostet ist, braucht es nicht lang. Jetzt ist der Moment gekommen, ich hebe den Deckel hoch. Als erstes erblicke ich eine mürbe Leinendecke. Ich ziehe sie heraus, sie zerfällt mir zwischen den Fingern. Darunter kommen zwei verschnürte Pakete in angedunkeltem Wachspapier zum Vorschein. Meine Hände zittern, als ich das erste Paket heraushebe und auspacke. Ich staune nicht schlecht, als ich kurz darauf eine Pistole in der Hand halte. *Fabrique Nationale D'Armes de Guerre*, so lautet die Gravur. Sie scheint tadellos erhalten.

Ich lege die Pistole auf den Boden und hole das zweite Paket aus der Kiste, wickle es aus. Noch eine Pistole, ebenfalls wie fabriksneu. Darunter finde ich zwei Patronenschachteln und wieder Teile einer zerschlissenen Leinendecke. Ich entferne sie, und noch ein Paket kommt zum Vorschein. Ich mache mich gerade daran, es auszupacken, da höre ich aus dem Haus mein Telefon läuten. Ich erhebe mich aus der Hocke, wobei mir ein wenig schwindlig wird, und gehe in die Küche.

Es ist Marianne.

«Wie geht's?», fragt sie mit vergnügter Stimme.

«Hallo», sage ich, «geht. Und bei dir?»

«Gut, gut», antwortet sie und erzählt mir dann von einer Ausstellung, in die sie gestern Abend auf dem Heimweg geraten ist.

Meine Gedanken sind immer noch bei meinem Schatzfund.

«Und was treibst du gerade?», will Marianne wissen.

«Nichts Besonderes», sage ich, «Hausarbeit. Wäsche abhängen und so.»

Es ist mir selber nicht klar, warum ich lüge und nicht vom Falken und der Kiste berichte, aber es erscheint mir notwendig, das für mich zu behalten.

Das weitere Gespräch verläuft eher stockend, bis ich schließlich vorschütze, etwas auf dem Herd stehen zu haben. Wir verabschieden uns, ich schalte mein Telefon aus und gehe wieder hinaus in den Hof. Ich hocke mich neben die Kiste und wickle das vierte Paket aus. Es ist eine kleine Schachtel, ich öffne sie. Darin ein Ring mit einem Totenkopf und ein Dolch, auf dessen Klinge die vier Wörter *Meine Ehre heißt Treue* zu lesen sind.

Ich habe schließlich die Schachtel wieder zugemacht, alles in die Kiste gepackt und sie in der Werkstatt unter der Hobelbank verstaut. Bin ins Haus zurück. Habe mich an den Küchentisch gesetzt, auf dem die Werbebroschüre über smartes Wohnen lag. Dann bin ich, nach einer langen Weile, noch einmal ins Gästezimmer gegangen. Habe am Fenster gestanden und hinausgeblickt. Zuerst auf das Beet mit den herbstvermoderten Pfingstrosenstängeln, wo der Falke gelegen ist. Dann den Blick gehoben auf das Vogelhäuschen, das mit Spatzen, Meisen und Hänflingen dicht besetzt war. Schließlich auf die entlaubte Linde, an deren Stamm im letzten Sommer Efeu hinaufgeklettert ist. Zu hören waren nur das lebhafte Gezwitscher der Vögel draußen, von irgendwo ein Falken- oder Habichtspfiff und dann, dumpf aus der Ferne, in schneller Abfolge, ein paar Schüsse.

IX

Das Telefon läutet. Es ist Marianne.

Ich sage: «Wie ist die Lage?»

«Alles unter Kontrolle», antwortet sie.

«Was können wir tun?», frage ich.

«Das Stadionspiel», sagt sie.

«Einverstanden. Wann und wo?»

Das Stadionspiel hat Marianne vor gut einem Jahr erfunden. Es geht folgendermaßen: Wir besuchen, unabhängig voneinander, dasselbe Massenereignis, das Konzert einer Band oder eine Sportveranstaltung, ohne den jeweils anderen wissen zu lassen, wo wir uns befinden. Dadurch wollen wir das Schicksal testen, ob es uns einander noch einmal so zufällig begegnen lässt, wie es vor sieben Jahren geschehen ist, als wir beide einen Nachschulungskurs absolvieren mussten, nachdem wir wegen Trunkenheit am Steuer kurzzeitig unseren Führerschein verloren hatten. Um das Ganze nicht über die Maßen zu romantisieren, besteht der einzige Sinn des Spiels darin, dass ich irgendwo in einer unüberschaubaren Menschenmenge Marianne suchen und finden muss. Wie gesagt, das Spiel ist Mariannes Erfindung. Bis dato haben wir es dreimal gespielt, und nur einmal ist es mir gelungen.

«Jetzt», sagt Marianne.

«Was jetzt?»

«Heute beim Weltmeisterschaftsendspiel.»

«Beim Endspiel?», frage ich erstaunt. «Du hast Karten?»

«Ja, beim Endspiel», antwortet Marianne. «Ein Ticket liegt unter deinem Namen an der Kassa bereit. Nimm einen Ausweis mit! Einlass ist in einer halben Stunde, Anpfiff um siebzehn Uhr.»

«Gut. Dieselben Spielregeln wie immer?»

«Nein, diesmal helfe ich dir. Du bekommst im Verlauf des Spiels insgesamt drei Fotos von mir auf dein Handy, die dir einen Hinweis geben könnten, wo ich mich befinde.»

«Na dann», sage ich lachend, «ich hoffe, man sieht sich.»

«Hoffe ich auch», antwortet Marianne mit sinistrer Stimme, aber vielleicht bilde ich mir das auch nur ein. Wir verabschieden uns, ich drücke auf Trennen, das Stadionspiel kann beginnen.

Während ich in meine Schuhe schlüpfe, überlege ich, wie Marianne es angestellt haben mag, für das Finale noch Karten zu ergattern. Sie schafft es immer wieder, mich zu verblüffen. Schließlich ist dieses Spiel schon seit einem halben Jahr ausverkauft, und auf dem Schwarzmarkt werden Karten, sofern es wegen des Personalisierungszwangs überhaupt welche gibt, sicherlich zu absurd hohen Preisen gehandelt.

In der U-Bahn, die gesteckt voll ist mit Fußballfans, gehe ich im Geist noch einmal unsere Spielregeln durch und versuche mich auf das Szenario, das mich erwartet, einzustellen. Ich rechne damit, dass mein Sitzplatz in einem anderen Sektor als der Mariannes ist, sonst wäre es auch zu einfach. Marianne weiß zwar, wo ich sein werde, ich aber nicht, wo sie sein wird. Das ist insofern egal, als ich sicher bin, dass wir beide uns sowieso die ganze Zeit im Stadion umherbewegen werden. Die Sache mit den drei Fotos, die sie mir zusenden wird, ist eine neue Variante, macht die Herausforderung aber noch spannender. Es werden keine einfach zu entschlüsselnden Hinweise sein, davon kann ich ausgehen. Ich werde also schnell kombinieren und handeln müssen, sobald ich ein Foto von ihr erhalte.

Die Menschenmassen vor dem Stadion sind furchterregend. Ich werde von der U-Bahn bis zur Warteschlange an der Kassa, am mit tausenden von Autos vollgestellten Parkplatz vorbei, mitgeschoben, und es dauert rund eine Dreiviertelstunde, bis ich mein Ticket ausgehändigt bekomme. Beim Einlass muss ich meine Karte und meinen Ausweis vorweisen, werde dann von Angestellten einer Securityfirma durchsucht und muss wie auf einem Flughafen durch einen Detektorrahmen gehen, bevor ich eingelassen werde. Von Marianne keine Spur. Vielleicht ist sie schon längst drinnen, oder sie kommt erst zur Halbzeit, man kann bei ihr nie wissen.

Ich bin das erste Mal in diesem neuen Stadion, das erst wenige Wochen vor Beginn der Weltmeisterschaft fertiggestellt wurde. Seine Dimension ist tatsächlich gigantisch. Auch der Sicherheitsaufwand, der betrieben wird, ist beeindruckend. Rundum komplett geschlossene Zäune, allerorts Überwachungskameras und auffallend viel Polizei. Das Stadion ähnelt eher einem Gefängnis als einer Sportanlage. Und wer weiß, überlege ich, als ich, immer noch in einem kompakten Menschenstrom eingekeilt, die Haupttreppe hinaufgeschoben werde, vielleicht war so eine Doppelnutzung bei der Planung bereits mitgedacht worden. Wo man schwer hineinkommt, kommt man auch schwer wieder heraus. Für ein paar Sekunden treten mir die Bilder vom Stadion in Santiago de Chile in den Sinn, wo 1973 Salvador Allende und viele seiner Mitstreiter eingesperrt wurden. Es dürfte nicht allzu aufwändig sein, denke ich weiter, ein solches Bauwerk von einer Sportstätte in ein Hochsicherheitsgefängnis zu verwandeln, aber weiter will ich gar nicht denken.

Ich werfe stattdessen, um die Uhrzeit zu erfahren, einen Blick auf mein Handy und bin überrascht, dass schon ein Foto von Marianne eingelangt ist. Es zeigt eine Reihe von Plastikbechern, die von Bier überschäumen, auf einer Theke. Ich schließe daraus, dass sie es an einer der Getränkeausgabestellen gemacht hat, aber da, wie ich feststellen muss, die Nachricht bei mir schon vor knapp zehn Minuten eingegangen ist, wird sie wohl längst anderswo sein. Und obwohl ich weiß, dass es hier mehrere gibt und die Wahrscheinlichkeit, das richtige zu finden, nicht sehr hoch ist, suche ich nach dem nächstgelegenen Buffet. Und wirklich entdecke ich bei der ersten Ausschank, an der ich vorbeikomme, so eine Reihe von Plastikbechern wie auf Mariannes Foto. Es riecht nach Bratwurst und Zuckerwatte, Bier und Schweiß, und aus den Lautsprechern dröhnen abwechselnd Durchsagen und anheizende Rocksongs. Aber das ist auch schon alles.

Ich beschließe, mich zunächst einmal zu dem mir zugewiesenen Sitzplatz zu begeben. Dabei fällt mir ein, dass ich nicht einmal genau weiß, welcher Nationalität die Mannschaften sind, die heute gegeneinander antreten werden. Wie ich aber feststellen muss, hat mich Marianne offenbar mitten im Fansektor der Ultras untergebracht. Alle sind blau gekleidet. Ich dränge mich zwischen den grölenden Männern durch, die mich durchwegs skeptisch mustern, vermutlich weil ich als einziger hier nicht Blau trage. Schnell merke ich, dass es sinnlos ist, meinen Sitzplatz ausfindig machen zu wollen. Es stehen ohnedies alle. Manche Blicke zeigen bereits etwas unverhohlen Feindseliges, woraus ich schließe, dass so mancher in mir einen Polizisten in Zivil zu erkennen glaubt, die bekanntlich in von Hooligans besetzte Sektoren eingeschleust werden, um im Fall von Ausschreitungen zur Stelle zu sein oder im Nachhinein verdächtigte Personen identifizieren zu können. Ich fühle mich hier nicht wohl in meiner Haut. Um nicht allzu sehr aufzufallen, versuche ich, bei den Sprechchören mitzugrölen, aber da ich mit den Parolen nicht vertraut bin, muss ich mich darauf beschränken, meine Lippen zu bewegen und von Zeit zu Zeit meine Arme wie in entfesseltem Jubel in die Höhe zu werfen. Weil ich das nicht lange aushalte, dränge ich mich bald zurück Richtung Treppe. Dabei schüttet mir jemand den Inhalt seines Plastikbechers über den Kopf. Ich dränge mich unbeirrt weiter durch die erhitzten Leiber und trockne mir dann, als ich endlich wieder auf der Treppe stehe, den Kopf mit meinem Taschentuch ab.

Ich steige bis ganz nach oben, zünde mir ungeachtet des Rauchverbots eine Zigarette an und versuche, meine Aufmerksamkeit kurz dem Spielfeld zuzuwenden, auf dem zwischenzeitlich die Spieler Aufstellung genommen haben. Während der Nationalhymnen bleibt mein Blick an den riesigen Videowänden hängen, auf denen das Gesicht jedes einzelnen Spielers in Großaufnahme gezeigt wird. Um mich herum herrscht eine aufgepeitschte, fiebrige Atmosphäre. Besonders beeindruckt mich der Gegensatz zwischen dem frühabendblauen Himmel, der der ovalen Einfassung des Stadions wie ein Deckel oder eine Kuppel aufzuliegen scheint, und dem brodelnden Inhalt dieser bis auf den letzten Platz besetzten Arena. Unwillkürlich kommt mir der Ausdruck *Hexenkessel* in den Sinn.

Eine Leuchtrakete wird von einer Tribüne auf das Spielfeld abgefeuert und von Sicherheitsleuten sofort gelöscht und entfernt. Für einen Augenblick denke ich an Marianne, aber es ist aussichtslos, sie hier irgendwo in den Zuschauerreihen zu entdecken. Als unter zehntausendstimmigem Gejohle der Anpfiff erfolgt und das Match beginnt, steige ich auf der anderen Seite der Treppe hinunter zum Mittelgang, der auf drei Ebenen das Stadion umrundet.

Zwar strömen immer noch verspätete Zuschauer nach, aber die Gänge sind schon deutlich leerer als zuvor. Ich stelle mich beim Buffet an, wo leider nur alkoholfreies Bier ausgeschenkt wird, und gehe dann mit meinem Plastikbecher in der Hand den Gang entlang. Ein prüfender Blick auf das Telefon, aber noch kein weiteres Foto von Marianne. Nachdem ich ausgetrunken habe, suche ich eine der Toiletten auf. Gerade, als ich vor einem der Pissbecken stehe, piepst mein Handy, und ich sehe, dass ich wieder ein Foto erhalten habe. Ich öffne es, es zeigt Marianne, die – offensichtlich ebenfalls in einem Toilettenraum – vor einem Waschbecken steht und in den Spiegel darüber lächelt. Jetzt heißt es schnell handeln. Es wäre Zufall, wenn sie sich ausgerechnet in der benachbarten Anlage befinden würde, aber ausgeschlossen ist es nicht. Ich laufe hinaus und verharre vor der Tür zur Damentoilette. Hineingehen darf ich natürlich nicht, also muss ich warten.

Nach zehn Minuten gebe ich auf und schlendere weiter durch den Gang. Eine Chance habe ich ja noch, denke ich mir, das dritte Foto. Bis zum Ende der ersten Spielhälfte streune ich ohne einen Anhaltspunkt herum. Während der Pause drücke ich mich an die Wand vor einem Stand mit Fanartikeln – vielleicht kommt Marianne ja zufällig vorbei. Aber mitnichten. In der zweiten Spielhälfte gehe ich jeden Meter im gesamten Gebäudekomplex ab, erfolglos. Kurz vor Ende des Matchs verrät mir ein aufbrausender Jubel, dass einer der Mannschaften ein Tor gelungen sein muss. Bald darauf höre ich den Schlusspfiff, es gibt also gottlob keine Nachspielzeit. Gleichzeitig mit dem Pfiff registriere ich, dass das dritte und letzte Hinweisfoto von Marianne auf meinem Handy angekommen ist. Ich öffne es. Darauf zu sehen ist ein weißer, mit Schnee bedeckter Meeresstrand.

Ich habe keine Ahnung, was ich damit anfangen soll. Wieder drücke ich mich an eine Wand, diesmal nahe eines Ausgangs. Hier könnte Marianne vorbeikommen, denke ich, sofern sie denn überhaupt noch im Stadion ist. Ich sehe hunderte Gesichter, ihres ist nicht darunter, und ich stehe da, an die Wand gedrückt, und denke über dieses merkwürdige Foto nach, komme aber einfach nicht dahinter, was es damit auf sich hat.

Es dauert, bis ich mich entschließen kann aufzubrechen, und wie mir scheint, verlasse ich als einer der Allerletzten das Stadion, nach wie vor ohne zu wissen, wer gegen wen gespielt und wer gewonnen hat. Das Stadionspiel jedenfalls habe ich verloren.

Der Parkplatz draußen ist leer. Ich wate durch ein Meer von Papierfähnchen, Fanschals, Vuvuzelas, Plastikbechern, Flaschen und sonstigem Müll bis zur U-Bahn-Station, wo ich feststellen muss, dass mir die auf Beförderung wartende Menschenmenge zu viel ist. Also mache ich mich zu Fuß auf den Weg. Ich versuche, Marianne telefonisch zu erreichen, aber es meldet sich nur eine Tonbandstimme, die mir mitteilt, dass diese Nummer nicht vergeben sei.

Als ich ein Taxi sehe, halte ich es an und lasse mich zu dem Haus bringen, in dem sich Mariannes Wohnung befindet. Ich sperre das Haustor auf, fahre mit dem Aufzug hinauf, aber als ich mit meinem Zweitschlüssel ihre Wohnungstür aufsperren will, passt er nicht. Ich bin kurz verwirrt, doch ein Blick auf das Gangfensterbrett, wo Mariannes Kakteen und ihre getupfte Gießkanne stehen, verschafft mir die Gewissheit, richtig zu sein. Also drücke ich auf die Klingel, nichts. Ich drücke noch einmal, diesmal länger, da vernehme ich durch die Tür die verängstigte Stimme eines hörbar alten Mannes, der fragt, wer da sei. Verblüfft entschuldige ich mich für die Störung und sage, dass ich zu Marianne will, die hier wohnt. «Hier wohnt keine Marianne. Gehen Sie, sonst muss ich die Polizei rufen!», lautet die unwirsche Antwort. Ich bin wie vor den Kopf gestoßen, entschuldige mich und will nochmals nachfragen, da sehe ich das Namensschild an der Tür, auf dem ein mir fremder Name steht. Und wie ein ertappter Einbrecher drehe ich mich auf der Stelle um und laufe die Treppen hinunter, bis ich wieder auf der Straße bin.

X

Es hat ein paar Tage gedauert, bis uns die Maus in die Falle gegangen ist. Marianne war die erste, die die Kratz- und Nagegeräusche hinter dem Küchenkasten bemerkte, das war genau vor einer Woche, und als ich tags darauf in der Früh das Teewasser aufsetzte, sah ich die Maus hinter den Kühlschrank huschen.

In der Folge tauften wir die Maus Marcel und fuhren in den nahegelegenen Großbaumarkt, um eine Lebendfalle zu kaufen, die wir auf den Küchenboden stellten. Marcel aber war schlau oder wählerisch oder beides, sowohl die Schokolade als auch die Käserinde verschmähte er, und erst heute Nachmittag, nachdem wir Speck in die Falle gelegt hatten, hörten wir sie zuschnappen.

Mit seinen sympathischen Knopfaugen sah uns Marcel erschrocken aus seinem Käfig an, dann sprang er unaufhörlich in Panik gegen die Gitterstäbe, weswegen wir den Beschluss fassten, ihn unverzüglich im Wald auszusetzen, weit genug vom Haus entfernt.

Und so geschieht es: Wir stecken die Falle mit Marcel darin in einen Papiersack und machen uns auf den Weg. Über Nacht hat es leicht zu schneien begonnen, der Schnee liegt schon knöchelhoch, und es schneit immer noch. Wir durchqueren das Dorf, biegen beim Sportplatz ab und gehen dann eine Weile entlang des

Baches bis zur alten Wallfahrtskirche, hinter der der Wald beginnt. Dort lassen wir Marcel frei. Schnell ist er in Schnee und Unterholz verschwunden. Den Papiersack mit der Falle platzieren wir an der Hintertür der Kirche, um ihn nach einem Spaziergang wieder mitzunehmen.

Als wir im Begriff sind, in den Wald einzutreten, macht Marianne mich auf eine Tafel aufmerksam, die rechts vom Weg aus dem Schnee ragt: *Achtung Treibjagd.* Wie zur akustischen Untermalung dieser Warnung hören wir aus der Ferne einen Schuss.

Wir zögern, ob wir unter diesen Umständen unseren Spaziergang überhaupt fortsetzen sollen, und sind drauf und dran umzukehren, als sich auf dem Waldrandweg zwei Pick-ups mit Jägern nähern. Ich hebe die Hand, der erste Wagen hält, und ein Mann in grüner Loden- und neongelber Warnjacke lässt das Fenster herunter. Ich erkundige mich, ob man gefahrlos durch den Wald gehen könne oder ob die Treibjagd noch andauere.

«Wir sind schon fertig», antwortet der rotgesichtige und sichtlich etwas betrunkene Mann lachend, «keine Gefahr mehr!»

Ich bedanke mich und schaue dann den beiden Pick-ups nach. Auf der Ladefläche des einen liegt ein totes Wildschwein, auf der des anderen ein Reh sowie ein paar Hasen und Fasane. Schweigend betreten Marianne und ich den Wald. Schon nach wenigen Metern fallen uns Blutstropfen im Schnee auf, in der Mitte des Weges zwischen den Reifenspuren. An einigen

Stellen blutige Schleifspuren, die aus dem Dickicht hinausführen, wo die Jäger die erlegten Tiere zu ihren Autos gezogen haben. Wir bewegen uns durch einen Mordschauplatz, hier haben augenscheinlich noch vor kurzem Tötungen stattgefunden. Von irgendwo hören wir wieder einen Schuss, dann gleich noch einen.

«Hat der nicht gesagt, dass sie schon fertig sind?», fragt Marianne mit leichter Besorgnis in der Stimme.

«Hat er», antworte ich, «aber wahrscheinlich schießen sie einfach gern.»

Wir gehen trotzdem weiter, auch weil die Schüsse von ziemlich weit weg zu hören waren. Die beklommene Stimmung will aber nicht weichen – wie auch, wenn uns auf Schritt und Tritt frische Blutspuren im Schnee ins Auge springen?

«Hoffentlich hat Marcel entkommen können», versuche ich zu witzeln, aber Marianne erwidert nichts darauf.

«Gehen wir noch bis zur Waldandacht hinauf, dann kommen wir hinten herum wieder zur Kirche», schlage ich vor. Marianne ist einverstanden.

Der Schneefall ist in der letzten Viertelstunde stärker und dichter geworden, und mit der in dieser Jahreszeit früh einsetzenden Dämmerung beginnt es auch immer düsterer zu werden.

«Oder sollen wir nicht lieber umkehren?», meint Marianne.

«Von der Strecke her kommt es aufs Gleiche hinaus», sage ich. «Außerdem kenne ich den Weg.»

Wir stapfen weiter, bis wir zu der großen Eiche gelangen, von wo es rechts zur Waldandacht geht. Oder links? Für einen Augenblick bin ich unsicher. Der viele Schnee und das Zwielicht haben die Landschaft so verändert, dass ich sekundenlang orientierungslos bin. Ich lasse mir das nicht anmerken, sondern beginne Marianne davon zu erzählen, dass hier in den letzten Jahren immer weniger Niederwild zu sehen ist, und ich nicht verstehe, wieso man die Bejagung nicht eine Weile aussetzt. Ich berichte, wie ich an den Leiter des Landesjagdverbands ein E-Mail geschrieben habe und was dessen Antwort war, aber Mariannes Kommentare dazu bleiben einsilbig. Davon wie angesteckt werde auch ich wortkarger, und bald gehen wir schweigend durch den mittlerweile wadenhohen Schnee. Unter anderen Voraussetzungen wäre das ein romantischer Winterspaziergang, aber – in diesem Augenblick fällt wieder ein Schuss, diesmal deutlich näher als zuvor.

«Wieso schießen die noch?», fragt Marianne aufgebracht. «Es ist fast schon dunkel, die können doch gar nichts mehr sehen.»

«Keine Ahnung, vermutlich können sie nicht genug kriegen», sage ich.

«Hallo! Aufhören! Hier gehen Menschen!», ruft Marianne in den Wald hinein, aber als Antwort kracht nur ein weiterer Schuss, beunruhigend nah.

Ich stecke Daumen und Zeigefinger in den Mund und gebe drei schrille Warnpfiffe von mir, aber wie zum Hohn knallen drei Schüsse kurz hintereinander.

«Die spinnen ja!», empört sich Marianne.

«Schaut so aus», sage ich.

Dann erschrecken wir beide, denn etwa zwanzig Meter vor uns quert ein fluchtartig aus dem Wald brechendes Rudel von fünf, sechs Rehen den Weg. Erneut eine Salve von Schüssen.

«Hallo! Aufhören!», brülle ich, so laut ich kann, aber ohne Erfolg, da es jetzt auch hinter uns zu knallen anfängt. Die Schüsse fallen so schnell wie aus einer Maschinenpistole. Unwillkürlich haben Marianne und ich zu laufen begonnen.

«Wir können uns bei der Waldandacht unterstellen», keuche ich, während wir den Hügel hinauf hasten.

«Wo ist denn die Waldandacht?», fragt Marianne, und in ihrer Stimme schwingt Angst mit.

«Wir müssen gleich da sein», versuche ich sie zu beruhigen, aber ich wirke wohl nicht sehr glaubwürdig. In Wahrheit kommt es mir selber seltsam vor, dass wir nicht längst schon dort sind. Vielleicht hätten wir vorher doch links gehen sollen, denke ich, behalte meine Gedanken aber für mich.

Wir laufen weiter durch den bereits kniehohen Schnee, und bald fallen die Schüsse im Dreisekundentakt, eine Salve so nah bei uns, dass es in den Ohren schmerzt. Aber immer noch können wir keinen einzigen Menschen erblicken.

«Aufhören! Aufhören!», schreit Marianne mit schriller, sich überschlagender Stimme, und wir rennen noch schneller. In der Zwischenzeit ist es so düster geworden, dass wir ab und zu vom Weg abkommen, aber es ist noch nicht so dunkel, dass man gar nichts mehr sieht.

«Glaubst du, sind wir in eine Bundesheerübung geraten?», stößt Marianne im Laufen hervor und fällt ein bisschen zurück.

«Ich weiß nicht, komm!», rufe ich und zerre sie weiter.

Als in unmittelbarer Nähe ein ohrenbetäubender Schuss abgefeuert wird und gleich darauf, nur wenige Meter vor uns, ein Ast krachend zu Boden fällt, bleibt Marianne stehen, dreht sich um und brüllt: «Aufhören, ihr verdammten Wichser! Aufhören!» Doch das Feuer wird darauf nur noch dichter. Es ist, als wären wir mitten in eine Kriegsszene geraten. Es riecht auch beißend nach Schießpulver, und ab und zu sieht man aus dem Dunkel zwischen den Bäumen Mündungsfeuer aufblitzen.

Ich spiele mit dem Gedanken, beim nächsten Mal einfach auf so ein Mündungsfeuer zuzulaufen, um den Schützen zu stellen, da stoße ich beim Laufen gegen etwas. Ich blicke auf und erkenne, dass es sich um eine Leiter handelt.

«Komm, da ist ein Hochsitz, rauf mit uns!», rufe ich und klettere die Leiter hinauf. Die Tür zur Holzkabine ist zum Glück offen, es ist niemand drinnen. «Schnell!» rufe ich Marianne zu. Völlig außer Atem lassen wir uns auf den Boden des Hochsitzes fallen, und sie zieht die Tür hinter uns zu.

Wie auf Kommando geht im selben Augenblick ein

höllisches Trommelfeuer los. Es hätte gar keinen Sinn mehr, um Hilfe zu rufen, denn der Lärm ist so laut, dass man uns nicht hören würde. Marianne umklammert mich wimmernd, ich zittere vor Angst am ganzen Körper.

«Das sind Maschinengewehre!», schreie ich Marianne ins Ohr.

Da birst die Scheibe auf der Vorderseite des Hochstands, und mir wird auf einmal klar, dass wir nicht versehentlich in eine Treibjagd geraten sind, die ein wenig aus dem Ruder gelaufen ist, sondern dass wir und niemand sonst die Bejagten sind. Als Marianne verzweifelt um Hilfe zu rufen beginnt, verschließe ich ihren Mund mit meiner Hand und schreie ihr ins Ohr, dass wir still sein müssen, um uns nicht zu verraten. Sie sieht mich nur entsetzt an.

Und wieder eine Salve, und wir können das Holz splittern hören. Ich fühle etwas wie einen elektrischen Schlag an meinem Oberschenkel. Plötzlich eine laute Detonation, wie von einer Mörsergranate. Ich kann die Druckwelle spüren, die ganze Kabine dröhnt und scheppert. Ich will Mariannes Kopf an meine Brust drücken, da greifen meine Finger in etwas Feuchtes.

«Marianne?», schreie ich, aber es kommt keine Antwort. Und wieder eine Salve. Ich spüre die elektrischen Schläge meinen ganzen Rücken entlang, und noch eine Detonation, und ich bemerke, wie etwas Warmes meinen Nacken hinunterrinnt.

Auf einmal ist es still. «Marianne?», schreie ich

noch einmal, aber nichts. Als ich versuche, meinen Kopf zu heben, nehme ich noch wahr, dass jemand mit schwerem Tritt die Leiter zum Hochsitz heraufsteigt. Und dass durch das zerborstene Fenster der Schemen des Mondes zu sehen ist. Und dass anscheinend Vollmond ist. Und dass es immer noch schneit.

XI

«Komm, ich möchte dir was zeigen», verlautbart Marianne nach dem Mittagessen und lässt die Autoschlüssel vor meinen auf die Zeitung gerichteten Augen hin und her pendeln.

«Und du musst fahren», fügt sie schelmisch lächelnd hinzu.

«Aha», sage ich und lege die Zeitung beiseite. Eigentlich hätte ich jetzt gern meine Ruhe, aber neugierig bin ich doch, was Marianne vorhat.

Fünf Minuten später sitzen wir im Auto, und gemäß ihren Anweisungen fahre ich so lange südwärts, bis wir zur Staatsgrenze kommen. Seit rund einem Jahr stehen hier Grenzposten, meist Soldaten des Bundesheeres, doch wir werden durchgewunken.

Wie immer, wenn ich unsere Heimat in südlicher oder östlicher Richtung verlasse, ist mir, als würde sich eine Last von meinem Herzen lösen, als könnte ich endlich einmal unbeschwert durchatmen. In dem Grenzstädtchen, das wir durchfahren, scheint alles lebendiger als auf unserer Seite, man sieht mehr Fußgänger und Radfahrer. Die Häuser sind zwar desolater, die Straßen haben Schlaglöcher, alles zeugt von Armut, aber trotzdem oder gerade deswegen wirkt alles menschlicher.

Ich fahre weiter südwärts. Wir lassen das Städtchen hinter uns, kommen durch Dörfer. Auch hier: Alles weniger steril und reguliert als bei uns. Sympathische Häuser mit gepflegten Vorgärten, keine von Gabionen umstellten Fertigteilhäuser mit zubetoniertem Parkplatz und Carport. Dazwischen Brachflächen mit Wildwuchs, darauf mal Hühner, mal Enten oder Gänse, und schmale Feldstreifen mit unterschiedlicher Frucht, anstatt der riesigen Monokulturen zuhause. Auffällig ist auch, dass man hier – im Gegensatz zu dort – weniger überfahrene Igel, Hasen, Marder und Eichkätzchen sieht.

«Schau, ein Storch!», ruft Marianne erfreut aus und zeigt auf ein Nest auf einem Schornstein. Auch mich freut sein Anblick.

Nachdem wir die Dörfer hinter uns gelassen haben, fahren wir geraume Zeit über freies Land, ohne dass uns ein anderes Gefährt begegnet. Keine Wüste aus Shoppingcentern, Kreisverkehren, zersiedeltem Gelände und Industriezonen wie bei uns. Wir bewegen uns beglückt durch eine fremde und doch vertraut-einladende Moorlandschaft, und die Friedlichkeit ihres Anblicks geht auf uns über. Ich könnte hier stundenlang fahren, denke ich und teile das auch Marianne mit, aber dabei verspreche ich mich und sage *stundenland* anstatt *stundenlang*.

«Dort vorne dann rechts», macht mich Marianne auf eine Abzweigung aufmerksam, ohne auf meine Schwärmerei einzugehen.

Ich tue, wie mir geheißen, biege ab, und nach

knapp einer Minute führt uns der Weg in einen herrlichen Mischwald.

«Schön!», sage ich.

«Ja», pflichtet mir Marianne bei, «aber nicht mehr lange.»

«Wieso?»

«Warte ab.»

Nach ein paar Kurven sehe ich, was Marianne meint: Die Straße wird auf beiden Seiten von hohen Stapeln gefällter Baumstämme gesäumt, der Wald dahinter ist kaum noch existent.

«Wahnsinn», rufe ich aus, «das nennt man wohl einen Kahlschlag!»

«Und das», ergänzt Marianne, «passiert schon seit einiger Zeit überall.»

Ich unterdrücke meinen Defätismus, und anstatt etwas über die zerstörerische Abholzungsmanie der Menschen zu sagen, frage ich: «Deswegen sind wir hergekommen? Das wolltest du mir zeigen?»

«Nein», erwidert sie, «etwas anderes. Wir sind gleich da. Du musst aber achtgeben. Es ist eine …» – sie zögert – «… ich würde sagen, eine spezielle Strecke.»

Nach einigen Kilometern gelangen wir an eine Gabelung. Die Straße rechterhand ist durch einen Schranken gesperrt.

«Hier stehenbleiben, bitte!» Marianne steigt aus, holt einen Schlüssel aus ihrer Tasche, entsperrt damit den Schranken, zieht den Balken hoch, deutet mir durchzufahren, lässt dann die Stange hinter dem Wagen herunter und steigt ein.

«So, jetzt kann es losgehen!» Sie grinst mich erwartungsvoll an.

«Was kann losgehen?»

«Fahr nur, du wirst schon sehen. Aber, wie gesagt, vorsichtig!»

«Okay.» Ich fahre also los, kann aber nichts Auffälliges entdecken. Der Wald hier ist noch nicht von Schlägerungen betroffen, sondern dicht und wild. Die teils überwachsene Fahrbahn deutet darauf hin, dass hier nicht oft Fahrzeuge unterwegs sind.

Nach einer Weile bemerke ich auf der rechten Straßenseite ein Warnschild, das auf Wildwechsel innerhalb der nächsten zwei Kilometer hinweist. Und wie gerufen – sobald wir das Schild passiert haben, springt ein Hirsch knapp vor der Motorhaube über die Straße. Ich kann gerade noch rechtzeitig bremsen und fahre dann langsamer weiter.

«Schau, noch einer!»

Ich zeige erstaunt auf das Tier, das da aus der Gegenrichtung die Straße quert.

Nach wenigen Metern drei Rehe, die einigermaßen gemächlich die Seite wechseln. Kurz darauf wieder ein Hirsch, dann eine Rotte von Wildschweinen.

«Irre», rufe ich begeistert aus, «da herrscht ja ordentlicher Waldverkehr!»

Und der Wildwechsel reißt nicht ab. Dutzende Tiere queren vor und hinter uns die Straße, das Auto scheint sie gar nicht zu stören. Ich fahre nur noch Schrittgeschwindigkeit und betrachte fasziniert das Schauspiel.

Nach genau zwei Kilometern allerdings ist der schöne Spuk vorbei.

«Wunderbar», sage ich.

«Fahr nur weiter», meint Marianne lachend.

Wir folgen dem Straßenverlauf, verlassen den Wald und befinden uns wieder zwischen Feldern. Rechterhand fällt mir ein Gefahrenzeichen auf, darunter ein Schild, dessen Piktogramm auf tieffliegende Flugzeuge hinweist.

«Gibt es da in der Nähe einen Flugplatz?», erkundige ich mich.

«Achtung!», sagt sie, und schon quert, zwanzig Meter vor uns und annähernd auf Kopfhöhe, ein Kleinflugzeug die Straße. Erschrocken steige ich auf die Bremse.

«Nicht stehenbleiben!», ruft Marianne. «Weiter! Du musst weiterfahren!»

Und ein zweiter Flieger, diesmal knapp hinter uns, wie ich durch den Rückspiegel sehe. Ich steige aufs Gas, aber dann geht es richtig los. Jetzt sausen die Maschinen, Cessnas oder Pipers oder was auch immer im Landeanflug oder startend über die Straße, von rechts und links, und manche so knapp, dass ich in Erwartung eines Zusammenstoßes den Kopf einziehe.

«Ist gleich vorbei», beruhigt mich Marianne, und wirklich – sobald wir ein Schild mit einem durchgestrichenen Gefahrenzeichen hinter uns gelassen haben, ist auch kein Flugzeug mehr zu sehen.

«What the fuck?»

«Du darfst nicht stehenbleiben. Niemals!», ermahnt mich Marianne.

Ich kann nichts erwidern.

Bei der nächsten Abzweigung ermuntert sie mich: «Hier kannst du wählen. Fahr, wo du magst!»

Also wähle ich kurzerhand den linken Weg, der, an einem Bach entlang, wieder in Richtung Wald führt. Nach ein paar dutzend Metern das Schild: *Achtung, Krötenwanderung!*

«Das kann dauern», lacht Marianne, und im nächsten Moment sehe ich eine unglaubliche Masse an Kröten, die, aus dem Bach kommend, über den Asphalt kriechen. Ich muss ganz langsam und in Schlangenlinien fahren, um keine der Amphibien zu überrollen, was sich bei dieser Unzahl als nahezu unmöglich herausstellt.

«Ich hoffe, ich habe keine getötet», sage ich, als ich aus dem Schlamassel heraus bin und wieder aufs Gas steigen kann.

Nun tauchen wir erneut in den Wald ein. Die Straße führt bergauf, und schon bald weist ein Schild auf kurvigen Streckenverlauf hin, versehen mit einem Zusatzzeichen, einer Schneeflocke, das die Gefahr unerwarteter Eisbildung bei Schneefall oder Minusgraden darstellen soll.

«Langsam, langsam», murmelt Marianne.

«Darf ich daran erinnern, dass wir Sommer haben», sage ich zu ihr.

Wenig später, als ich in eine Kurve einfahre, bricht das Heck aus, und wir geraten ins Schleudern. Ich steige auf die Bremse, der Wagen dreht sich, unsteuerbar geworden, einmal um seine Achse, bevor er weiterrollt. Der Boden scheint spiegelglatt zu sein.

«Ich habe ja gesagt: langsam!», kommentiert Marianne unbeeindruckt.

«Das kann doch nicht wahr sein», stoße ich hervor, «es ist August!»

Ich drossle die Geschwindigkeit auf Schritttempo und schlittere weiter auf der kurvigen Waldstraße dahin. Es geht dann wieder relativ steil bergab, und manchmal ist es bloßes Glück, dass wir nicht im Graben landen. Ich bin heilfroh, als wir den Wald wieder hinter uns haben.

«Wohin jetzt?», frage ich Marianne, als wir uns bald darauf einer Wegscheide nähern. Es gibt einen Weg, der nach links, einen, der nach rechts führt, und einen in der Mitte.

«Nicht rechts, den Weg kenne ich, der ist nicht empfehlenswert», rät sie mir. «Da tauchen nur Schilder auf mit Rollsplitt, Ölspur, Schleudergefahr bei Nässe oder Schmutz, Straßenschäden, Seitenwind und prinzipieller Unfallgefahr. Und bei dem links gerät man in einen Stau.»

Also schlage ich den Weg ein, der in der Mitte geradeaus führt, und bin schon eine Weile unterwegs, als Marianne plötzlich etwas ruft.

«Was ist?», schreie ich, auf einmal etwas entnervt.

«Entschuldige bitte, ich habe mich geirrt, wir hätten doch die linke Abzweigung nehmen sollen.»

«Na, dann drehen wir doch einfach um!»

«Nein, man kann nicht umdrehen, das geht nicht, wir müssen weiterfahren.»

«Nichts müssen wir!», sage ich selbstbewusst und verlangsame das Tempo, um zu reversieren.

«Probier es ruhig aus, wenn du mir nicht glaubst.»

Ich versuche also, das Lenkrad voll nach links einzuschlagen, aber es lässt nur eine halbe Drehung zu, danach ist es blockiert, und zwar in beiden Richtungen, wie ich feststelle.

«Das darf doch nicht wahr sein!» Ich steige fest auf die Bremse, will den Wagen zum Stillstand bringen, um umzudrehen, aber er lässt sich nicht anhalten, er rollt weiter. Ich ziehe die Handbremse, ergebnislos, und die Schaltung erlaubt mir nicht, den Rückwärtsgang einzulegen.

«Siehst du?», sagt Marianne, «du musst weiterfahren. Es bleibt uns nichts anderes übrig», und ihre Stimme klingt dabei sowohl resignativ als auch verheißungsvoll. «Ich weiß übrigens schon, was als nächstes kommt», fügt sie nach einer kurzen Pause hinzu. «Ich hoffe, du hast heute nichts mehr vor.»

«Warum?», erkundige ich mich in gespielter Gelassenheit, aber im selben Augenblick sehe ich das runde Vorschriftzeichen, das einen Kreisverkehr ankündigt.

«Oje!», seufzt Marianne.

«O ja!», bestätige ich hämisch, und mir bleibt nichts übrig, als in den Kreisel einzufahren.

Mehr gibt es nicht zu erzählen. Wir stecken nach wie vor in diesem Ringelspiel gegen den Uhrzeigersinn fest, nun schon viel zu lang, wie mir scheint. Das Einzige, das dafür sorgt, dass wir ob der Ausweglosigkeit nicht gänzlich der Verzweiflung oder dem Irrsinn anheimfallen, ist die leise, aber beharrliche Zuversicht, dass uns ja irgendwann der Treibstoff ausgehen muss.

XII

Marianne und ich sitzen, Rücken an Rücken, im Dunkeln auf dem Boden einer kleinen, mit Putzutensilien vollgeräumten Abstellkammer im ersten Stock des neu eröffneten Weltmuseums. Keiner von uns spricht ein Wort, wir spüren aber die gegenseitige Wärme und sind einander dabei so nah, als wären wir eins. Ein schöner Zustand, und so ist es, in Kurzform, dazu gekommen:

Marianne und ich treffen einander Punkt zwölf vor dem neuen Weltmuseum, das ehemals als Völkerkundemuseum bekannt war. Es ist windig und regnet, und wir beeilen uns, ins Innere zu kommen. Wir sind gespannt, wie sich diese alte Sammlung von Kunstschätzen aller Epochen und Erdteile im neuen Gewand präsentiert, doch von Beginn an sind wir enttäuscht. Die Räume viel zu dunkel, die Artefakte von digitaler Beleuchtung wie entstellt, anstatt ein Kunstwerk in einer Vitrine zu bewundern, ist man angehalten, auf einen Monitor zu tippen und sich irgendwelche Animationen anzuschauen. Von Saal zu Saal werde ich mürrischer, bis ich schließlich stänkernd durch die Räume stapfe und lautstark Sätze der Empörung von mir gebe: «Das also war einmal die Welt!» Am liebsten würde ich mit einem der afrikanischen Speere aus einem der Schaukästen auf die

Bildschirme einschlagen. Die Museumswärter werfen mir schon beunruhigte Blicke zu, aber ich kann nichts dagegen tun. Schließlich platzt mir der Kragen, und ich nehme Marianne an der Hand, ziehe sie mit mir zu einer Tür mit der Aufschrift *Notausgang*, öffne sie, und draußen sind wir.

Wir befinden uns in einem offenbar neu errichteten Zubau, links das als Fluchtweg konzipierte Treppenhaus, rechts drei Türen. Ich zögere nicht lange, gleich die erste lässt sich öffnen, und im Licht, das hereinfällt, erkennen wir, dass es sich um eine Art Abstellraum handelt, in dem der Putzdienst seine Arbeitsutensilien, Besen und Kübel, Staubsauger, Reinigungsmittel und dergleichen aufbewahrt.

«Komm», sage ich zu Marianne, ziehe sie, die bereitwillig folgt, hinein und bedeute ihr, sich auf den Boden zu setzen. Dann schließe ich die Tür, es ist stockfinster, und ich lasse mich ebenfalls nieder und lehne meinen Rücken an den ihren.

Wir fühlen uns, als wären wir der Welt abhandengekommen. Und wie still es ist ... Als wären wir zuhause, zurück von allen Reisen, die uns in die fremdesten Länder und Zeiten geführt haben. Ich schließe die Augen. Hier, in dieser Abstellkammer, haben wir endlich einen Lebensraum gefunden. Hier will ich bleiben, mit Marianne eine Familie gründen, leben, lachen, weinen, Feste feiern, und wenn die Stunde gekommen ist, will ich hier in Ruhe sterben, nicht mehr und nicht weniger. Es ist so ähnlich, wie wenn daheim manchmal einer von uns beiden aus einer Laune heraus den Hauptsicherungsschalter umlegt, und dann sitzen wir am Wohnzimmertisch, und es ist dunkel und weder der Kühlschrank noch die Therme geben die üblichen Geräusche von sich. Es ist dann einfach still, und das macht diese Momente so wertvoll. Es dauert zuerst immer eine kleine Weile, bis sich die Stille aus ihrem Versteck hervortraut. Nur zögerlich nähert sie sich, wie um auszukundschaften, ob ihr denn wirklich keine Gefahr droht. Dann aber, sobald sie Vertrauen gefasst hat, lässt sie sich auf einem nieder, wie ein gehetztes Tier, das sich endlich in Sicherheit befindet, senkt sich über den Raum und erfüllt uns beide mit ihrem Nichtswollen.

So ist es auch jetzt, in dieser Abstellkammer im Weltmuseum. Das einzige Geräusch, das ich höre, ist unser beider Atem, und ich erschrecke leicht, als Marianne zu reden beginnt:

«Wie ich jung war, kurz nach der Schule, bin ich von zuhause weg, zuerst nach Spanien, dann nach Italien, von Stadt zu Stadt, habe mir alles angesehen. Ich hatte gerade meine Abtreibung hinter mir, war ziemlich fertig und wollte nur immer weiter. Eines Tages, am Busbahnhof in Rom, wo ich auf den Bus nach Neapel gewartet habe, hat mich eine junge Frau angesprochen. Sie hatte mitbekommen, dass ich Deutsch spreche, weil sie neben mir stand, als ich mit jemandem von daheim telefonierte, und sie konnte auch ein paar Brocken Deutsch. Wir plauderten die Fahrt über, waren einander sympathisch, und sie hat mir angeboten, im Haus ihrer Eltern, außerhalb von Neapel, wo auch sie und ihr Bruder wohnten, Quartier zu beziehen. Ich sagte zu. Von Neapel sind wir noch ungefähr eine Stunde mit einem anderen Bus in einen Vorort gefahren, alles ziemlich heruntergekommen, aber auf sympathische Weise. Sie hat mich ihren Eltern und ihrem Bruder vorgestellt, die waren unkompliziert, ich konnte bleiben, solange ich wollte. Sie hatte ein Zimmer im Erdgeschoß neben dem Schlafzimmer der Eltern, der Bruder wohnte auf dem unausgebauten Dachboden. Er war in meinem Alter, ein hübscher, wilder Typ mit Rastalocken, hat Philosophie studiert, Musik gemacht und fotografiert. Ich bin ihm verfallen und habe bei ihm im Dachboden gelebt, ich weiß nicht mehr, wie viele Monate. Dann hat er begonnen, mich zu schlagen. Immer, wenn er Angst hatte, dass ich ihn verlasse, hat er mit der Faust zugeschlagen, wahllos, überallhin, auch ins Gesicht. Ich habe so ausgeschaut, dass ich mich tagelang nicht getraut habe, den Dachboden zu verlassen. Er hatte mich in gewisser Weise auch hörig gemacht, abhängig von ihm, ich war sozusagen seine Schutzbefohlene. Das mit den Schlägen wurde immer schlimmer. Ich habe dauernd überall Blessuren gehabt. Dabei hat er fortwährend Fotos von mir gemacht. Wie gesagt, es wurde immer ärger. Dann, eines Tages, habe ich angefangen, mit der Spiegelreflexkamera meines Vaters Fotos von ihm zu schießen. Das hat er nicht ausgehalten, er ist völlig ausgerastet. Ich habe ihn mit seinen eigenen Waffen bekämpft. An dem Abend hat er richtig fest zugeschlagen. Am nächsten Tag bin ich abgehaut, zuerst zurück nach Rom, dann weiter mit dem Zug nachhause. Ich habe mich für einige Wochen in meiner Wohnung einge- sperrt und mich bei niemandem gemeldet. Aber ich habe angefangen, Fotos von meinem Körper zu ma- chen, der mit blauen Flecken wie tätowiert war. Die Bilder waren so, dass man immer nur kleine Berei- che der Haut aus der Nähe erkennen konnte, sodass es sich für einen Betrachter nicht auf den ersten Blick erschloss, was da genau abgebildet war. Ich habe das so lange betrieben, bis die blauen Flecke von grün zu gelb übergingen und dann irgendwann verschwun- den waren, wie von meinem Körper absorbiert. Mir ist klar geworden, dass ich gewissermaßen versucht habe, die mir zugefügten Verletzungen zu abstrahie- ren. Die Fotos entstanden nicht aus Narzissmus, es war eher ein Prozess der Selbstbefragung, ein Expe- riment. Ich habe mit dieser Arbeit, mit dem Fotogra- fieren und dem Entwickeln und Verfertigen von Ab- zügen in meinem zur Dunkelkammer gewordenen Badezimmer, unbewusst den Versuch unternom- men, einen Zustand herbeizuführen, der es mir er- laubt, mich in ein beziehungs- und gesellschaftsloses Wesen zu verwandeln, mich aus jeder Beziehung zu Menschen herauszuziehen, mir die Frage zu stellen und zugleich zu beantworten: Wie geschieht mir? Es hat gut getan, das zu fixieren, anstatt einfach nur fi- xiert zu sein: Schämst du dich nicht? Ich klebte die noch feuchten Fotoabzüge von meinem verunstalte- ten Körper auf die Fliesen im Badezimmer. Sie sind da ganz von selber haften geblieben. Das Ausstellen neutralisierte die Scham. Mit der Zeit wurde das Medium selber zur Mauer. Es war keine Heilung, aber eine Barriere, keine Wiedergutmachung, aber eine Zwischenwand.»

Marianne hält inne, es ist wie das Ausklingen einer Saite. Das Gesagte versickert im Schweigen, die Stille bindet Mariannes Sätze, ihre Geschichte. Ich höre wieder nur ihren Atem und spüre, wie sich ihr Brustkorb hebt und senkt, und zum ersten Mal, so scheint mir, kann ich annähernd fühlen, wer Marianne ist, und ... – was soll's; es war ja zu erwarten – schlagartig werden wir aus dem Paradies vertrieben. Die Tür wird aufgestoßen, das Licht geht an, und eine Museumswärterin starrt uns mit ernster Miene an, während sie in ihr Funkgerät spricht: «Ich hab die Herrschaften ... Im Funktionsraum 2 ... Ja, bitte sofort.» Und dann müssen wir uns anhören, was wir hier machen, ob wir wissen, was das für Konsequenzen hat, wenn man absichtlich eine Notausgangstür öffnet, dass das zur Anzeige gebracht werden wird, dass wir augenblicklich diesen Raum zu verlassen haben, dass sie gezwungen ist, die Polizei zu verständigen, dass sie uns jetzt ersuchen muss, ihr hinunter zum Ausgang zu folgen, ob wir Ausweise bei uns hätten et cetera.

Wir erheben uns. Ich bin auf einmal furchtbar müde, passiv und antriebslos, und als ich einen Blick auf Marianne werfe, sehe ich, dass es ihr ähnlich geht. Deswegen gehorchen wir beide wahrscheinlich auch ohne jede Widerrede. Marianne versucht zu behaupten, wir hätten gedacht, dass dieser Trakt ein Teil des Weltmuseums sei, aber diesen halbherzigen Versuch kommentiert die Aufseherin nur mit einem kurzen, verächtlichen Lachen.

Abschließend bleibt nur noch zu sagen, dass wir wahrscheinlich allein deswegen ungeschoren davonkamen, weil wir sowohl die Wärterin als auch die zwei herbeigeeilten Leute vom Sicherheitsdienst in dem von ihnen selbst nahegelegten Glauben ließen, wir hätten den Abstellraum mit den Putzmitteln für ein heimliches Schäferstündchen genutzt. Einer der Securitymänner war sogar augenscheinlich auf unserer Seite und zwinkerte mir in einem unbeobachteten Moment grinsend zu. Schließlich wurden wir abgemahnt und durften gehen.

Auf dem Weg hinaus wurde mir jedenfalls klar, dass diese Geschichte mit Marianne im Weltmuseum kein Ende finden wird.

XIII

Es fällt mir bereits anfangs schwer, Marianne am Telefon zu erklären, was es mit den Begebenheiten der letzten Tagen auf sich hat, was genau geschehen ist, denn ich rechne insgeheim damit, dass sie mich nicht verstehen, mir keinen Glauben schenken oder mich für geisteskrank halten wird. Ich stottere also herum, bis Marianne, die sich seit fast zwei Wochen mit einer Freundin auf Urlaub in Kambodscha befindet, mich geradeheraus auffordert, nun endlich damit herauszurücken, was los ist, warum ich die ganze Zeit nicht erreichbar bin.

Also gut, denke ich und teile ihr förmlich mit, dass ich von zwei Drohnen verfolgt werde.

«Was?», fragt Marianne ungläubig.

«Ich werde von zwei Drohnen verfolgt», wiederhole ich.

«Aha», lacht Marianne, «warte bitte kurz», und ich kann hören, wie sie auf Englisch noch zweimal dasselbe bestellt, dann fährt sie fort: «Und die Drohnen sind sicher vom Mossad, und du hast vielleicht in letzter Zeit ein bisschen zu stark an den lustigen Zigaretten gezogen, hab ich recht?»

«Nein», sage ich, «ich meine es ernst.»

Und so beginne ich zu erzählen.

«Einen Tag, nachdem ihr weggeflogen seid, gehe

ich in der Früh zum Einkaufen aus dem Haus, da fällt mir nach ein paar Schritten ein leises Sirren in der Luft über mir auf. Und wie ich nach oben schaue, schweben da ungefähr ein, zwei Meter über mir zwei so Minidrohnen mit eingebauter Kamera, du weißt schon.»

«Aha, und weiter?»

«Ich blicke mich zuerst einmal um, ob ich vielleicht irgendwen mit einer Fernsteuerung entdecken kann, schaue zu den Fenstern der Häuser vis-à-vis und denke mir, dass das vermutlich Kinder sind, die sich einen Spaß erlauben.»

«Ja, klingt danach», kommentiert Marianne.

«Jedenfalls», setze ich fort, «mache ich mich auf den Weg zum Supermarkt, und die ganze Zeit begleiten mich diese zwei Drohnen über mir.»

«Krass», meint Marianne lakonisch.

«Und wie! Ich betrete den Supermarkt, und die Drohnen bleiben draußen, wo man üblicherweise seinen Hund anbindet, in der Luft stehen. Der Bettler, der da immer sitzt, hat vielleicht Augen gemacht! Und als ich mit meinen Einkäufen herauskomme, fliegen sie wieder über mir bis nachhause, bis zum Haustor. Ich denke mir, dass ich jetzt wohl meine Ruhe habe, steige hinauf in die Wohnung, räume die Sachen in den Kühlschrank, gehe ins Wohnzimmer, und was sehe ich vor dem Fenster schweben?»

«Die Drohnen?», sagt Marianne.

«Genau. Was macht man in so einem Fall?»

Statt einer Antwort höre ich Marianne sich bedanken, offenbar hat sie soeben das Bestellte erhalten, und ich fahre, nervös auflachend, mit meinem Bericht fort.

«Ich denke mir zuerst, das wird dem, der mir diesen Streich spielt, wohl irgendwann zu langweilig werden, und erledige also ein paar Arbeiten im Haushalt. Aber als ich dann in der Küche beginne, das Geschirr abzuwaschen, tauchen die beiden Drohnen plötzlich vor dem Küchenfenster auf.»

«Warum hast du das nicht bei der Polizei gemeldet?»

«Das war auch mein erster Gedanke. Also rufe ich bei der Polizei an und erkläre denen die Sachlage. Die halten mich, wie nicht anders zu erwarten, erst einmal für einen Spinner.»

«Logisch!»

«Ich versichere denen aber glaubhaft, dass ich sie nicht zum Narren halten will, und erkundige mich, wie ich mich verhalten soll. Die haben natürlich keine Ahnung. Ich werde hin und her verbunden, schließlich lande ich bei einem Beamten, der mir erklärt, wo und wann es erlaubt ist, welche Art von Drohnen fliegen zu lassen, und dass ich herauskriegen möge, wer der Besitzer ist und so weiter.»

«Und dann?»

«Ich bin ins Wohnzimmer gegangen und habe überlegt. Irgendwann wird bei diesen Dingern ja auch einmal die Batterie leer. Aber die sind hartnäckig die ganze Zeit regungslos vor meinem Fenster geblieben. Gegen Mittag musste ich aus dem Haus, und sobald ich ins Freie getreten bin, parken die sich wieder einen Meter über meinem Kopf ein. Ich habe versucht, mit meinem Schal nach ihnen zu schlagen und sie irgendwie zum Abstürzen zu bringen, aber die sind so flink ausgewichen, also keine Chance. Ich gehe zur U-Bahn. Du kannst dir vorstellen, wie die Leute auf der Straße geschaut haben. Ich betrete die Station, und die beiden Drohnen bleiben draußen. Und jetzt kommt's: Ich denke mir schon, ich bin meine Trabanten los, aber wie ich nach acht Stationen aussteige und wieder an die Oberfläche komme, wer erwartet mich am U-Bahn-Ausgang?»

«Jetzt nicht echt, oder?»

«Doch. Ist das nicht irre?»

Marianne schweigt ein paar Sekunden, dann fragt sie vorsichtig: «Sag, verarschst du mich eigentlich?»

«Warte, es kommt noch besser», fahre ich fort. «Ich marschiere zu dem Café, wo ich meine Verabredung habe, und dasselbe wie zuvor. Während der zwei Stunden, die ich drinnen bin, warten die Drohnen draußen auf mich. Ich gehe hinaus, sie begleiten mich zurück zur U-Bahn-Station, und als ich aussteige, sind sie wieder zur Stelle und weichen mir bis zu meinem Haustor nicht von der Seite. Ich sperre auf, gehe ins Wohnzimmer, und sie erwarten mich schon vor dem Fenster.»

Schweigen auf der anderen Seite der Leitung.

«Sie sind den ganzen Tag dort geblieben. Die können doch gar nicht so lange fliegen, würde man denken, oder? Und als ich am Abend die Vorhänge im Schlafzimmer zuziehe, sehe ich sie immer noch vor dem Fenster. Und als ich tags darauf am Morgen die Vorhänge öffne, sind sie noch da.»

«Und andere außer dir sehen diese Drohnen auch?», will Marianne wissen.

«Hab ich ja gesagt! Und dann wieder, den ganzen Tag, egal, wo ich hingegangen bin, fliegen sie über mir mit. Ich habe versucht, sie mit Steinen zu bewerfen, aber sie weichen so schnell aus, dass ich sie nicht treffe.»

«Klingt irgendwie ...»

«Eigenartig? Ja, absolut. Aber auch interessant, oder? Ich habe mir also gedacht, gut, dann gehe ich eben zur nächsten Polizeistation, mal schauen, ob sie da auch mitfliegen. Ich dort hinein, die Drohnen warten brav draußen. Ich schildere den Polizisten die Situation, die glauben wieder, ich will sie auf den Arm nehmen. Schließlich bringe ich einen der argwöhnischen Beamten dazu, mit mir vor die Tür zu gehen. Eine Minute später steht die gesamte Mannschaft des Kommissariats draußen und starrt mit offenen Mündern die Drohnen an. Keiner weiß, was zu tun ist. Also nehmen sie ein Protokoll auf, und ich kehre unverrichteter Dinge heim. Und die Drohnen mit mir, wie erwartet.»

«Und dann?»

«Na ja», sage ich und gerate ins Stocken, «na ja, und jetzt ist das so.»

«Wie», sagt Marianne, «was ist jetzt so?»

Ich bedauere plötzlich zutiefst, Marianne angerufen und mit dieser Geschichte behelligt zu haben. Denn wie soll ich das alles erklären, was dann noch passiert ist. Ich sage stattdessen: «Warte, ich zünde mir eine an», zünde mir eine an und mache einen tiefen Zug.

«Ich höre?», drängt Marianne.

Ich zögere noch, dann setze ich fort: «Also gut, ich erzähle dir jetzt, wie das weitergegangen ist.»

«Ich bitte darum», erwidert sie, bevor ich sie auf Englisch noch etwas bestellen höre.

«Die nächsten Tage keine Veränderung. Egal, wohin ich mich bewege, verfolgen mich die beiden, ansonsten verharren sie in der Luft vor meinem Fenster. Wie das funktioniert, ist mir ein Rätsel. Also habe ich Folgendes getan: Ich habe das Wohnzimmerfenster geöffnet und gewartet, und tatsächlich, zuerst etwas zögerlich und wie misstrauische Tiere, aber dann, als würden sie ihre Scheu ablegen und zutraulich werden, fliegen sie durch das Fenster ins Wohnzimmer.»

«Du hast sie reingelassen?», ruft Marianne entsetzt aus.

«Warte, lass mich erzählen! Ja, ich habe sie reingelassen, weil ich mir gedacht habe, so kann ich sie erwischen. Und so war es auch. Ich habe die Fenster zugemacht, und in der Wohnung haben sie mir nicht entkommen können. Ich habe sie mit einer Decke eingefangen und dann mit dem Hammer zertrümmert.»

«Bravo!», sagt Marianne. «Und hast du die Teile dann zur Polizei gebracht?»

«Genau das hatte ich vor. Ich habe ihre Überreste

in einen Sack gepackt und mich auf den Weg gemacht. Aber wie ich aus dem Haustor auf die Straße trete, was erwartet mich da? Zwei neue Drohnen. Solche, wie die, die ich eben erlegt hatte.»

«Geht es dir wirklich gut?», höre ich Marianne mit unverhohlener Sorge in ihrer Stimme fragen.

«Ich bin definitiv nicht durchgeknallt, falls du das meinst», sage ich.

«Das beruhigt mich. Und weiter?»

Ich zünde mir noch eine an, doch ich weiß nach wie vor nicht, wie ich es Marianne beibringen soll. Deswegen schweige ich erst einmal.

«Hallo?»

«Ja, ja, ich bin noch da.»

«Was ist jetzt mit den Drohnen?»

Ich gebe mir einen Ruck und setze meine Erzählung fort, obwohl ich mir mittlerweile sicher bin, dass Marianne mich nicht verstehen wollen wird: «Ich bin wieder hinauf in die Wohnung, dieselbe Situation. Ich öffne das Fenster, die Drohnen fliegen nach kurzem Zögern herein, ich fange sie mit der Decke, zerstöre sie, gehe hinunter auf die Straße, und dort warten schon die nächsten zwei. Ich also zurück und hinauf, was sollte ich sonst tun?»

«Versteh mich nicht falsch», sagt Marianne langsam, «aber vielleicht solltest du einen Arzt konsultieren. Für mich hört sich das nach einer Psychose an. Sei mir bitte nicht böse, aber ich fürchte, du brauchst Hilfe. Oder du verarschst mich. Aber dann lass es bitte bleiben, das ist nur halblustig.»

Jetzt wird mir klar, dass es ein Fehler war, als ich Mariannes Nummer gewählt habe: «April, April!», lache ich deswegen ins Telefon.

«Du bist ja ein ganz ein Lustiger», antwortet sie in amüsiertem Tonfall. «Sonst noch ein paar Späße auf Lager? Obwohl – kurz habe ich dir tatsächlich geglaubt.»

«Verzeih, Darling, ich wollte dich nur ein bisschen ärgern. Weil es so unfair ist, dass du Urlaub machst und ich hier in dieser öden grauen Stadt bleiben muss.»

Wir unterhalten uns noch ein paar Minuten, Marianne berichtet, welche Sehenswürdigkeiten und Bars sie in den letzten Tagen besucht hat, dann schicken wir einander einen Kuss, und ich lege auf. Zur Sicherheit schalte ich das Telefon gleich ganz aus.

«Entschuldigt bitte!», sage ich zu den zwei Drohnen, die neben der Wohnzimmercouch, von wo aus ich telefoniert habe, in der Luft schweben. «Ich hätte sie nicht anrufen sollen.»

Die beiden Drohnen wackeln kurz hin und her, drollig sieht das aus, als würden sie meine Aussage bestätigen und zugleich Verständnis signalisieren. Sie scheinen mir nicht böse zu sein. Sie sind überhaupt, wie ich in den letzten Tagen erfahren durfte, eher empfindsam und anhänglich, ähnlich jungen Hunden, die einem auf Schritt und Tritt folgen.

«Ach ja», seufze ich. Es war absehbar, dass Marianne mich nicht verstehen würde. Wie wäre ihr auch aus der Entfernung klarzumachen, dass ich, seitdem die zwei Drohnen Teil meines Lebens sind, mich nicht mehr so einsam fühle? Sie leisten mir Gesellschaft, ohne Forderungen zu stellen, von welchem Menschen könnte man so etwas schon behaupten? Wenn ich schlafen gehe, bleiben sie über Nacht neben meinem Bett in der Luft stehen und scheinen auch aus Höflichkeit die Lautstärke ihrer Rotoren etwas zu drosseln. Und wenn ich morgens die Augen aufschlage, sehe ich als Erstes meine beiden Drohnen, die geduldig meinen Schlaf bewacht haben. Ich fühle mich auch beschützter, seitdem ich sie als Mitbewohner habe. Tief in mir fühle ich, dass mir nichts geschehen kann, solange sie bei mir sind. Wie könnte Marianne das begreifen oder gar gutheißen? Sie würde in kürzester Zeit eifersüchtig werden, und ich wäre gezwungen, den Kontakt mit ihr abzubrechen. Ich habe auch kaum noch Lust, meine Wohnung zu verlassen, erledige nur die notwendigsten Einkäufe, selbstredend in Begleitung meiner Eskorte, und bin ansonsten lieber daheim. Dass jemand zu Besuch kommt, will ich ebenfalls nicht mehr. Die Leute würden das alles nicht verstehen. Wahrscheinlich müssten sie es erst einmal am eigenen Leib erfahren, um zu begreifen, wie erfüllend es sein kann, jemanden an seiner Seite zu haben, der einen niemals im Stich lässt und mit der Zeit besser zu kennen scheint als man sich selber.

XIV

Auf dem Weg zum Swingerclub (Eintritt für Paare samstags und sonntags gratis) unterhalten Marianne und ich uns über verschiedene Selbstmordarten und kommen überein, dass es gar nicht so einfach ist, eine effiziente und möglichst schmerzlose Methode zu finden. Obwohl man uns vermutlich als sentimentale Menschen bezeichnen könnte, die lieber in Altbauwohnungen als in Neubauten leben, die sich eher für Kunsthandwerk als für Kryptowährungen interessieren und sich lieber in der freien Natur aufhalten, anstatt sich mit ihren Computern zu beschäftigen, denken wir doch an die Zukunft. Was also, wenn bei einem von uns eine unheilbare Krankheit diagnostiziert wird, deren Verlauf vorhersehbar schmerzhaft ist und unabwendbar letal endet? In diesem Fall sollte man schon selbst aktiv werden und sich um ein würdiges Ende bemühen.

Alle Methoden, bei denen andere Menschen wie auch immer zu Schaden kommen könnten, wollen wir ausschließen. Die Rücksicht auf den Fahrer einer U-Bahn würde uns verbieten, uns vor eine solche zu werfen. Ebenso scheiden Methoden aus, deren Wirksamkeit unsicher ist. So birgt beispielsweise der Sprung aus dem Fenster – abgesehen von der Gefahr, jemandem auf den Kopf zu fallen oder einem beiwoh-

nenden Kind einen Schock fürs Leben zu bescheren
– das Risiko, statt in der Leichenhalle in einem Roll-
stuhl zu enden, und das wäre so etwas wie existenti-
elle Themenverfehlung.

Aber schließlich, kurz bevor wir von der Durch-
zugsstraße in die Gasse einbiegen, in der sich der
Swingerclub befindet, haben wir uns auf für uns an-
nehmbare, personalisierte Lösungen geeinigt. Während Marianne – altmodischerweise, wie ich finde –
dazu neigt, sich im Fall der Fälle in einer mit warmem
Wasser gefüllten Badewanne die Pulsadern der Län-
ge nach aufzuschlitzen, plädiere ich dafür, sich von
einem Straßendealer ein paar Gramm Heroin zu besorgen und mit einem goldenen Schuss von der Bühne abzutreten. Bei all diesen Überlegungen sei vermerkt, dass wir uns beide eines unterschwelligen
Stolzes, dass wir so reif und reflektiert sind, uns über
ein derartiges Thema auf diese Weise zu unterhalten,
nicht erwehren können und wollen.

Marianne hat sich heute, wie man so sagt, in Schale geworfen, ganz so, als würden wir auf einen Cock-
tailempfang gehen, trägt einen kurzen ochsenblutfar-
benen Rock mit einer beigen Rüschenbluse, darüber
eine schwarze Samtjacke. Ich hingegen habe eine le-
gere Kombination aus graublauer Schnürlsamthose,
weißem T-Shirt und schwarzer Lederjacke gewählt.

Ich drücke auf den Knopf neben der Eingangstür,
eine Empfangsdame in Latexkostüm öffnet uns. Wir
geben unsere Jacken ab, erhalten einen Getränkegut-
schein und nehmen an der Bar auf zwei Hockern

Platz. Ich bestelle eine Flasche Wein. Die Oben-ohne-Kellnerin stellt sie uns geöffnet hin, ich schenke ein, und wir stoßen auf einen schönen Abend an.

Außer uns sind so früh erst zwei, drei andere Paare da, doch der Club wird sich schon noch füllen. Nach dem zweiten Glas Wein beschließen wir, erst einmal die örtlichen Gegebenheiten zu inspizieren und uns ungestört ein Bild über Beschaffenheit und Hygiene zu machen.

Gleich neben der Bar befinden sich die Nassräume. Hier kann man seine Kleidung in einem Spind verwahren, duschen und sich bei den zur Verfügung gestellten Badetüchern und -mänteln bedienen. Betritt man den nächsten Raum, sieht man mehrere Kabinen. Jede von ihnen hat kleinere und größere Gucklöcher, die man von innen mit einer Art Blende verschließen kann. Die erste Kabine ist ausgestattet mit einem großen Wasserbett. In der daneben steht ein gynäkologischer Stuhl. Die dritte Kabine ist die sogenannte strenge Kammer, sie beherbergt eine Liege, auf der man festgeschnallt werden kann, sowie ein mannshohes Andreaskreuz, ebenfalls mit Fixiervorrichtungen versehen, weiters eine Auswahl an Peitschen, Ruten und Gerten und allerhand Accessoires, wie Handschellen, Augenbinden, Brustwarzenklemmen et cetera. In der Nachbarkabine findet sich eine Massagebank und ein Glory Hole. Anschließend der Darkroom. Geht man hier ums Eck, führt eine Treppe zum sogenannten Adlerhorst, einer Art Liebesnest mit vielen Pölstern, eine Mischung aus Baumhaus und türkischem Serail. Weiter hinten befindet sich noch ein Raum, der zur Gänze mit weichen Matratzen ausgelegt ist. Hier sehen wir ein Paar. Sie liegt auf dem Rücken, er massiert kniend ihre Brüste.

Wir spazieren zurück und setzen uns wieder an die Bar, ich schenke uns nach, wir stoßen ein weiteres Mal an.

«Weißt du», sagt Marianne nachdenklich, nachdem sie ihr Glas abgestellt hat, «vielleicht ist das mit der Badewanne und der Rasierklinge doch keine so gute Idee. Schließlich mutet man damit denen, die einen dann finden, den Anblick einer ausgebluteten Wasserleiche zu. Das ist doch genau so ein Schock wie für den Zugfahrer, wenn man sich auf die Schienen legt.»

«Du hast recht», pflichte ich ihr bei und verleihe meinerseits meinen Bedenken bezüglich der Überdosis-Methode Ausdruck: «Abgesehen davon, dass man ja als Laie nicht weiß, ob das Zeug, das einem der Dealer angedreht hat, nicht vielleicht irgendetwas anderes ist, von dem man sich höchstens Übelkeit oder eine Blutvergiftung zuzieht, wäre der Anblick eines Herointoten auch kein erfreulicher.»

«Aber ist dieses Problem nicht sowieso bei jeder Methode virulent, sozusagen naturgemäß und überhaupt nicht aus der Welt zu schaffen?», gibt Marianne zu bedenken und nippt an ihrem Wein.

Inzwischen ist es im Club deutlich voller geworden, sämtliche Hocker an der Bar sind besetzt. Alle paar Minuten ertönt die Türglocke, und ein neues

Pärchen betritt das Lokal. Die Gäste, die schon vor Ort waren, als wir gekommen sind, verlassen die Bar Richtung Nassräume.

Marianne wirkt immer noch nachdenklich.

«Es muss doch eine Möglichkeit geben, sich das Leben zu nehmen, ohne Spuren zu hinterlassen.»

«Wie soll das gehen?», frage ich und zünde mir eine Zigarette an. Erfreulicherweise darf man hier noch rauchen.

«Ich weiß nicht», antwortet Marianne und nimmt einen Zug von meiner Zigarette, dann schweigen wir beide.

Die Stimmung im Club ist ganz passabel, die Gäste wirken locker und heiter, auch die barbusige Kellnerin hinter der Bar scheint guter Dinge zu sein. Bald wird das Treiben in den hinteren Räumlichkeiten so richtig losgehen, das liegt in der Luft.

«Ich hab's», sage ich, «du könntest dich in die Luft sprengen, wie ein Selbstmordattentäter.»

«Keine gute Idee», entgegnet Marianne. «Erstens: Woher den Sprengstoff nehmen? Zweitens kann die Möglichkeit von Kollateralschäden nicht ausgeschlossen werden. Und drittens bleibt da sehr wohl etwas zurück, nämlich dein völlig zerfetzter Körper, dessen Teile bei der Explosion in alle Richtungen fliegen. Denk mal an den armen Kerl, der danach saubermachen muss.»

«Ja, du hast recht», sage ich. «Komm, drehen wir noch eine Runde!»

Wir stehen auf und begeben uns nach hinten.

Wie vermutet, sind inzwischen alle Kabinen besetzt. Außer bei der mit dem Wasserbett, in der wahrscheinlich ein Pärchen liegt, das zum ersten Mal in so einem Club ist, sind alle Gucklöcher geöffnet, und man kann einen Blick ins Innere werfen, wo sich Paare, meist auch unter Fremdbeteiligung, miteinander vergnügen.

«Man könnte über dem Meer aus einem Flugzeug springen», schlage ich vor, während wir vor der Kabine mit dem Gynostuhl stehen und einen Mann beobachten, der seinen rasierten und teiltätowierten Kopf zwischen den gespreizten Beinen der darauf liegenden Frau auf und ab bewegt und dabei schmatzende Geräusche macht.

«Ich glaube, das stellst du dir einfacher vor, als es ist», wendet Marianne ein. «Zum einen ist es vermutlich gar nicht so einfach, die Tür eines Passagierflugzeugs während des Flugs zu öffnen. Außerdem gefährdest du andere Passagiere, weil bei offener Tür ein Unterdruck entsteht. Und wenn du einen Privatflieger charterst und plötzlich raushüpfst, ist das dem Piloten gegenüber nicht fair.»

Ich kann ihrem Einwand nichts entgegensetzen, und so schlendern wir weiter zur strengen Kammer. Hier liegt bereits eine junge Frau festgeschnallt. Eine etwas ältere lässt von einer Kerze Wachs auf ihren Körper tropfen, vor allem auf ihre Brüste, deren Nippel steif in die Höhe ragen. Das flackernde Licht der roten Kerze sorgt in der Kabine für eine stimmungsvolle, nahezu weihnachtliche Atmosphäre – was in mir die Erinnerung weckt, dass der Heilige Abend ja tatsächlich vor der Tür steht und ich immer noch keine Geschenke besorgt habe.

«Aber das mit dem Meer ist vielleicht keine schlechte Idee», höre ich Marianne sagen. «Man könnte doch von einem Kreuzfahrtschiff springen, mitten in der Nacht, wenn alle betrunken in der Disco tanzen und einen keiner sieht.»

«Ja, das wäre denkbar», erwidere ich. «Aber es soll ja möglichst schnell und schmerzlos gehen und nicht Stunden dauern, bis man endlich unterkühlt und entkräftet genug ist, dass man untergeht.» «Außerdem», füge ich hinzu, «ist das Ertrinken selbst sicher nicht angenehm.»

«Stimmt», seufzt Marianne, ohne den Blick von der jungen Frau abzuwenden, die jetzt von der älteren mit einer kleinen Fackel, in der Art, wie sie Feuerschlucker verwenden, traktiert wird. Mit dem brennenden Ende fährt sie an verschiedenen Stellen des Körpers der nackten und im Übrigen auch schamhaarlosen jungen Frau wiederholt dicht über die Haut. Die Frau mit der Fackel wirkt dabei sehr professionell, und auch die andere scheint Vergnügen daran zu finden.

«Lass uns den Adlerhorst auskundschaften», schlägt Marianne vor. Auch er ist schon besetzt. Ein Mann liegt da auf dem Rücken, während eine Frau auf seinem Gesicht sitzt und mit ihrem Unterkörper kreisende Bewegungen vollführt. Ein zweiter Mann hockt daneben und versucht zu onanieren.

«Wie wäre es damit?», setze ich an. «Man fährt im Winter auf einen hochgelegenen Gletscher, verpasst absichtlich die letzte Gondel ins Tal, und stapft dann gipfelwärts?» – «Aber nein», räume ich gleich darauf ein, «das ist auch nicht das Wahre ...»

«Aber wirklich nicht!», fügt Marianne hinzu, und wir steigen die Treppe wieder hinab.

«Weißt du was?», sagt sie dann. «Schauen wir in den Darkroom, vielleicht fällt uns dort was ein.»

«Gut, ich bin dabei!» Wir entledigen uns im Nassbereich unserer Kleidung und gehen dann, mit einem Handtuch um unsere Lenden, in den Darkroom. Vielstimmiges Stöhnen verrät uns, dass wir hier nicht allein sind. Ich krabble auf allen Vieren durch die knapp ein Meter hohe und breite Öffnung hinter Marianne ins Innere, stoße dabei an einem Körper an, ohne ausmachen zu können, ob es sich um den eines Mannes oder einer Frau handelt. Schließlich finden wir in einer Ecke ein Plätzchen für uns.

«Ist dir schon was eingefallen?», flüstere ich Marianne ins Ohr.

«Nein, noch nicht», flüstert sie zurück.

«Man könnte sich ins Weltall schießen lassen, wie Major Tom», schlage ich vor.

«Dazu braucht man Geld», gibt Marianne zu bedenken. «Und wer weiß? Vielleicht hat man Pech und wird von Außerirdischen dank ihrer technischen Überlegenheit wieder zum Leben erweckt.»

«Das ist ein Argument», sage ich kichernd, «fällt also auch weg.»

Eine Weile lauschen wir noch dem Stöhnen, dann krabbeln wir wieder ans Licht.

«Gehen wir noch einmal zum Wasserbett», sage ich, und Marianne nickt.

Die Kabine ist leer, und wir legen uns auf das Bett, das nicht sehr voll zu sein scheint, denn wir sinken ziemlich tief ein. Im Guckloch kommt der Ausschnitt eines Männergesichts zum Vorschein, was uns aber nicht weiter stört.

Wir liegen ein paar Minuten schweigend und in Gedanken nebeneinander, da habe ich plötzlich die zündende Idee.

«Ich hab's», sage ich mit überlegenem Timbre in der Stimme.

«Ich höre», sagt Marianne zweiflerisch.

«Ein Vulkan! Man macht es wie Empedokles und springt in den Krater, in die Lava, wenn niemand zusieht. Voilà!»

Marianne schweigt ein paar Sekunden, dann sagt sie anerkennend: «Genial!» Und ich überlege kurz, ob sie damit mich oder die von mir aufs Tapet gebrachte Methode meint, fühle mich aber auf jeden Fall geschmeichelt. Ich beuge mich zu ihr, was in dem Wasserbett gar nicht so einfach ist, gebe ihr einen Kuss, dann rappeln wir uns auf und schlendern zurück zu den Nassräumen. Wir ziehen uns an, trinken noch ein Glas an der Bar, verabschieden uns von der Kellnerin, holen unsere Jacken aus der Garderobe und machen uns dann, Hand in Hand, zufrieden und glücklich über diesen erfolgreichen Abend im Club, auf den Heimweg.

XV

Heute scheint Marianne Besonderes mit mir vorzuhaben. Das merke ich gleich, als sie mich einigermaßen unsanft, durch mehrere Ohrfeigen, weckt. Es ist sieben Uhr, und Marianne teilt mir in sachlichem Ton mit, dass in zwei Stunden das Training beginnt. Während ich mir noch die Augen reibe, empfiehlt sie mir, nicht zu schwere Kost, am besten nur ein Müsli mit Tee, als Frühstück, bevor ich mich dann in Turnhose und Leibchen, mit Sportschuhen und einer Yogamatte im Gästezimmer einfinden soll.

Ich halte mich an die Vorgaben, stehe auf, dusche, esse ein Müsli, trinke einen Kräutertee und bin Punkt neun an Ort und Stelle. Was wir als Gästezimmer bezeichnen, ist ein Raum, in dem wir Sachen lagern, die wir nicht ständig benötigen. Außerdem steht darin ein altes Feldbett, das zur Not als Übernachtungsmöglichkeit für Gäste dienen kann, und ein Schreibtisch, den ich mir vor ein paar Jahren hineingestellt habe, um in Ruhe arbeiten zu können.

Marianne ist, wie ich erstaunt feststellen kann, außerordentlich elegant angezogen. Sie trägt ein knielanges Abendkleid in – ich würde sagen – Erfurter Blau, schwarze Seidenstrümpfe und passende Schuhe mit mittelhohen Absätzen. Zusätzlich hat sie auffallend stark Schminke aufgetragen, Rouge auf den

Wangen, Lidschatten, einen schmalen, strengen Lippenstiftmund und fast bis zu den Backenknochen nachgezogene Augenbrauen. Dazu trägt sie eine abgewetzte Sporttasche aus den Achtzigerjahren in der einen Hand, in der anderen ihren Laptop plus Ladekabel.

Sie stellt den Laptop auf meinen Schreibtisch, drückt auf eine Taste, und es ertönt das Vorspiel zu Wagners *Parsifal* in einer mir unbekannten Keyboard-Version eines eindeutig untalentierten Musikers.

«Können wir anfangen?», fragt Marianne.

«Ich warte darauf», erwidere ich schnippisch, obwohl mir etwas mulmig zumute ist, weil ich überhaupt keine Ahnung habe, was mich erwartet. So, wie Marianne auftritt, habe ich sie noch nie erlebt.

«Leg dich in Embryostellung hin!», herrscht sie mich an.

Ich gehorche wie zum Spaß und positioniere mich mit angezogenen Beinen und aufs Brustbein gesenktem Kopf auf der Matte.

«Wir werden austesten, wie belastbar du bist, mein Schatz», teilt mir Marianne mit rauer Stimme mit.

Ich kann nicht anders und muss lachen: «Du hörst dich an wie eine Teilzeitdominatranse.»

«Du hast nicht zu sprechen! Du hast nur meine Anweisungen zu befolgen! Zuwiderhandeln wird bestraft» Sie weist mich barsch zurecht, und prompt verspüre ich einen schmerzhaften Schlag auf die Schulter.

«Au!», schreie ich, hebe den Kopf und sehe, dass Marianne das Ladekabel ihres Laptops wie eine Peitsche in der Hand hält.

«Spinnst du?»

«Du sollst dich nicht bewegen und weder schreien noch sprechen, hast du mich verstanden?» Wieder saust das Kabel mit dem Steckerteil auf mich herunter, aber ich habe die Abmachung verstanden, verbeiße mir jeden Kommentar und krümme mich widerstandslos in die Embryohaltung zurück.

«Na, geht doch!», fährt Marianne fort. «Und jetzt machst du Liegestütze, bis ich dir erlaube, damit aufzuhören.»

Ich führe ihre Anweisung aus, so gut ich kann, aber meine Arme fangen schon nach der zehnten Liegestütze zu zittern an. Ich bekomme meinen Oberkörper nur noch mit Mühe hoch, dann schaffe ich es gar nicht mehr.

Ich erhalte daraufhin einen weiteren Schlag mit dem Kabel, diesmal auf meine linke Wade. «Schlappschwanz!», ruft Marianne höhnisch. «Aufstehen! Kniebeugen!»

Ich rapple mich auf und beginne, Kniebeugen zu machen.

«Nicht solche!», herrscht mich Marianne an. «Ausfallschrittkniebeugen! Fünfzehn mit dem rechten Fuß vorne, fünfzehn mit dem linken vorne!»

Ich mache, was sie sagt, aber bereits nach einer Einheit bin ich schon ziemlich außer Atem. Ich spüre, wie ich zu schwitzen anfange, und nach einer weiteren Minute bringe ich meinen Körper kaum mehr aus der Kniebeuge hoch.

«Hinsetzen! Sit-ups!», lautet die nächste Anweisung.

Das gelingt mir besser, es ist anfangs fast eine Entspannung. Während ich meinen Rumpf auf und ab bewege, wechselt Marianne die Musik, der *Flohwalzer* ertönt.

«Eine Minute noch», lässt sie mich wissen, als meine Bauchmuskeln bereits zu brennen beginnen. Durstig bin ich auch. Mit Müh und Not schaffe ich es bis zum Ende, und als Marianne «Stopp!» ruft, lasse ich mich erschöpft auf den Rücken fallen.

Mehr hat es nicht gebraucht, schon schnalzt sie das Ladekabel auf meinen Bauch. Ich bäume mich auf, unterdrücke aber wohlweislich einen Schmerzenslaut.

«Auf mit dir!»

Marianne drückt mir eine Springschnur in die Hand: «Los! Drei Minuten!»

Ich beginne seilzuspringen. Das habe ich lange nicht mehr gemacht, und dementsprechend ungeschickt stelle ich mich an. Währenddessen öffnet Marianne den Reißverschluss ihrer Sporttasche.

«Jetzt wirst du eine Ahnung bekommen, was Optimierung bedeutet. Du wirst dich wundern, was alles möglich ist», lacht sie und holt eine Reitgerte hervor.

Als ich vor Erschöpfung stolpere und sich das Seil zwischen meinen Beinen verheddert, handle ich mir zwei gezielte Schläge mit der Gerte auf meine Oberschenkel ein. Auch die drei Minuten sind Gott sei Dank irgendwann zu Ende, mir ist schwindlig, leicht übel, und ich komme nur schwer zu Luft. Ich sehe mich unwillkürlich nach einem Glas Wasser um.

«Ausziehen und zurück in die Embryostellung!», lautet der nächste Befehl.

Also streife ich alle Kleidungsstücke ab, lasse mich keuchend auf die Matte fallen und krümme mich gehorsam zusammen.

Die Musik wechselt erneut, jetzt zum Titellied von *Sound of Music*.

«Zwinge dich, *langsam* zu atmen! Nicht so hastig!», sagt Marianne, während sie sich über mich beugt. Ich versuche mein Bestes, aber es will mir nicht gelingen.

«Langsam, habe ich gesagt!», und schon lässt Marianne die Gerte auf mein Gesäß niedersausen. «Eine Minute Pause, dann machen wir weiter. Das war nur das Aufwärmtraining, sozusagen der Vorgeschmack.»

Ich liege mit geschlossenen Augen auf der Yogamatte, strenge mich an, langsam ein- und auszuatmen, und frage mich, wie lange ich mir das alles wohl noch gefallen lassen werde. Ich würde nur allzu gerne wissen, was in Marianne gefahren ist.

«So! Jetzt auf die Knie und die Arme nach vorne strecken!»

Marianne umschreitet mich prüfend mit der Gerte in der Hand.

«Ja, so ist es recht», sagt sie, dann holt sie aus der Sporttasche ein Buch und legt es mir auf die Handflächen. Wie ich erkennen kann, handelt es sich um einen Roman von mehreren hundert Seiten, ein Bestseller, wie mir ein Aufkleber auf dem Umschlag verrät.

«Hände parallel zum Boden!», kommandiert Marianne, als meine Arme leicht nachgeben, und ein Gertenschlag trifft meinen Nacken.

«So, und jetzt noch eines.» Sie holt einen weiteren dicken Wälzer aus der Tasche und legt ihn auf den anderen. Wieder ein Aufkleber auf dem Cover, ausgezeichnet mit irgendeinem Buchpreis, doch schon fangen meine Arme zu zittern an.

«Na, ist dir wohl ein bisschen zu gewichtig?», ätzt Marianne und legt noch ein drittes Buch auf meine Hände. Vom Foto auf der Hinterseite des Umschlags lacht mir eine an ein Supermodel erinnernde Autorin entgegen. Das ist mir dann allerdings wirklich zu viel, und ich muss meine Arme sinken lassen. Die Bücher purzeln auf den Boden.

«Sofort auf den Rücken legen!», brüllt mich Marianne zornig an.

Ich lege mich also auf den Rücken. Gleich darauf durchzuckt ein scharfer Schmerz meinen ganzen Körper, denn Marianne hat mir mit der Gerte eins über mein Geschlecht gezogen.

«Für jedes fallengelassene Buch einmal», teilt sie mir lakonisch mit. Schlag Nummer zwei und drei treffen ebenfalls mein Geschlecht, sodass ich mich vor Schmerzen aufbäume.

«Hör auf zu wimmern, du Wurm!», fährt sie mich an. «Alles noch einmal von vorne!»

Und allen Ernstes muss ich das gesamte Programm noch ein zweites Mal absolvieren: Liegestütze, Kniebeugen, Sit-ups, Seilspringen und die Bestseller-Gewichte. Diesmal hagelt es noch mehr Gertenschläge, weil ich schon so erschöpft bin, dass ich meine Gliedmaßen kaum kontrollieren kann. Musikalisch untermalt wird die Tortur von einer Endlosversion des *Vogerltanzes*. In der folgenden qualvollen halben Stunde schwirren andauernd Wörter wie *Klappmesser, Seitstütz, Bauchrotation, Squat Jumps, Bizeps Curl, Plank, Butterfly, Feuerfüße, Gefangenen-Kniebeuge, Seitliche Bauchpresse, Käfer, Umgedrehter Schneeengel, Scherenschlag, Superman, Krabbenlauf, Eseltritt, Bergsteiger, Windmühle* und *Hampelmann* durch die Luft.

Als ich schließlich mit vor panischem Keuchen schmerzender Lunge und brennenden Striemen am gesamten Körper wieder rücklings auf der Matte liege, sehe ich tatsächlich so etwas wie Sterne vor den Augen. Außerdem hyperventiliere ich, und meine Hände krampfen sich zusammen. Ich habe das Gefühl, vor Durst zu vergehen, und in meinem Herzschlag treten Arhythmien und Aussetzer auf.

«Eine Minute Pause», teilt mir Marianne mit, und stellt sich dann mit gegrätschten Beinen über meinen Kopf. Ich bemerke, dass sie keine Unterwäsche trägt.

«Ich glaube, dass es jetzt genug ist.»

«Du sollst nicht ungefragt reden, du Weichei!», brüllt Marianne, dann prasseln die Schläge nur so auf mich ein.

«Na warte!», sagt sie und geht zu ihrem Laptop. Nächster Track: der *Gefangenen-Chor* aus Verdis *Nabucco*. Marianne greift in ihre Sporttasche und holt etwas hervor, was ich auf den ersten Blick nicht erkenne.

«Dreh dich auf den Bauch!», schreit sie.

Ich gehorche ein weiteres Mal, und schon kann ich spüren, wie sie mir Hand- und Fußfesseln anlegt. Ich bin zu geschwächt, um mich zu wehren. Dann höre ich sie kurz in die Küche gehen. Sie kehrt mit einem mit Wasser gefüllten Kübel zurück und stellt ihn vor mich hin.

«Tief Luft holen», rät sie mir, packt meinen Kopf an den Haaren und taucht ihn in den Kübel. Ich lasse es mir keine fünf Sekunden gefallen, bevor ich versuche freizukommen. Es gelingt mir tatsächlich, der Kübel fällt um, und ich kriege wieder Luft.

Marianne ist fuchsteufelswild. Sie zerrt mich zurück in die Rückenlage, schlägt mit der Gerte mehrmals auf mein Gesicht ein, bis mir das Blut aus meiner geplatzten Haut in die Augen rinnt. Dann lässt sie von mir ab, und ich höre sie in ihrer Sporttasche kramen.

«Umdrehen!»

Ich schaffe es nicht mehr aus eigener Kraft, also zerrt mich Marianne auf den Rücken.

Als nächstes fühle ich ein Kneifen an meinen Brustwarzen wie von einer Klemme, Marianne hantiert mit irgendwas, dann durchfährt ein eisiger Schlag meinen Körper. Ich hebe den Kopf und sehe, dass ich an einer Autobatterie hänge. Nochmals dieser Schmerz und nochmals.

Ich muss kurz das Bewusstsein verloren haben. Als ich wieder zu mir komme, bin ich komplett mit Seilen umwickelt, ich kann mich gar nicht mehr rühren. Alles an mir schmerzt. Mein Mund ist mit Geweband zugeklebt. Ich hebe mühsam den Kopf und sehe, wie Marianne die Klemmen an meinem Geschlecht festmacht.

«Bald ist die Trainingseinheit vorüber», sagt Marianne.

Ich kann nichts mehr antworten. Mein Herz rast, abwechselnd ganz schnell, dann wieder stolpernd und synkopisch, statt zu atmen, schnappe ich nach Luft.

Als Marianne die Klammern an meinem rechten und meinem linken Oberarm ansetzt, spüre ich, dass es jetzt ans Eingemachte geht. Sie tut noch einmal an ihren Laptop herum, und es ertönt eine Musik, die ich noch nie gehört habe. Oder vielleicht doch? Ist das nicht dieser Schlagersänger mit der Schmalztolle oder … – da durchfährt mich ein elektrisches Brausen, und mein ganzer Leib krampft sich zusammen. Als ich mich wieder entkrampfe, pulsiert ein Schmerz meine Arme hinauf, und bevor dieser Schmerz in einer riesigen Explosion meinen Brustkorb sprengt, erfasst mich die unglaublich naheliegende und tödliche Gewissheit, dass diese Welt nichts als ein subversiver Schimmelpilz in einem durch und durch digitalen Universum ist und dass ich jetzt einfach von 1 auf 0 umspringen werde.

Diese besondere Erkenntnis habe ich zweifelsohne Mariannes Sonderbehandlung zu verdanken. So hauche ich ein unhörbares, ihr zugedachtes «Danke» ins Gewebeband, und ganz zuletzt fühle ich, wie zur Belohnung, ihre sanfte Hand auf meinem Haupt voll Blut und Wunden.

XVI

Immer wieder Sonntag. An diesem Tag gehen Marianne und ich für gewöhnlich auf einen Flohmarkt. So auch heute. Marianne sucht mithilfe ihres Smartphones einen in der näheren oder auch weiteren Umgebung aus, und nach dem Frühstück machen wir uns auf den Weg. Diesmal hat sie einen in einer Kleinstadt ausgewählt, eine Dreiviertelstunde in westlicher Richtung.

Als wir auf dem Parkplatz vor dem Supermarkt ankommen, sind schon einige Leute da, andere Besucher, die man als potentielle Konkurrenten beim Aufstöbern von Kostbarkeiten ansehen muss. Genug Verkäufer, glücklicherweise nur wenige professionelle, wie wir gleich feststellen. Wir steigen aus und machen uns an die Arbeit. Wie immer gehen wir dabei folgendermaßen vor: Wir zeigen nicht, dass wir zusammengehören, bleiben aber doch in knapper Entfernung beieinander, um uns gegebenenfalls zu Hilfe kommen zu können. Auch hat uns die Erfahrung gelehrt, dass manche Verkäufer besser mit Frauen, andere wiederum besser mit Männern können. Das hat Auswirkung auf den Preis. Wie immer sind wir natürlich billig, eher abgerissen gekleidet.

Gleich zu Beginn stoßen wir auf einen Händler, der alte wertlose Bilder, ein paar Stapel Zeitschriften und einen Karton Bücher anbietet. Auf den ersten Blick schätze ich ihn als einen eher Ahnungslosen ein. Auch deutet sein Platz am Ausstellungsgelände (letzte Reihe links, zwischen Litfaßsäule und öffentlichem WC) darauf hin, dass wir es nicht mit einem Profi zu tun haben. Sofort bin ich mir auch bewusst, womöglich einen dieser überaus seltenen Funde gemacht zu haben – einen, für den es sich lohnt, jeden Sonntag in aller Früh aufzustehen, mitunter einen langen Anfahrtsweg in Kauf zu nehmen und bei stechender Hitze oder Eiseskälte auf den unterschiedlichsten Flohmärkten reihauf, reihab zu stapfen. Ich räuspere mich, Marianne weiß, was damit gemeint ist. Sie bleibt also in der Nähe, tut aber unbeteiligt.

Ich grüße den Herrn hinter dem Tisch freundlich, er erwidert meinen Gruß. Ich hocke mich vor die Schachtel mit den alten, in Leder gebundenen Büchern, ziehe ein paar davon heraus, und schnell ist mir klar, dass es sich um den Nachlass eines passionierten Sammlers handeln muss. Ein paar Stichproben bringen Werke wie die *Flora fluminensis* von José Mariano da Conceição Vellozo, *A Voyage to the South Sea* von William Bligh sowie den *Musen-Almanach für das Jahr 1802* zum Vorschein, alles Originalausgaben in tadellosem Zustand, sogar ohne Moder- oder Schimmelgeruch, nur leicht verstaubt.

Ich weiß, dass es sich in Fällen wie diesen, wenn man sich trotz des ersten Eindrucks noch nicht sicher sein kann, vielleicht nicht doch einen professionellen Verkäufer vor sich zu haben, empfiehlt, in beiläufiggelangweiltem Ton nach dem Preis eines Buches zu fragen. «Ein Euro», bekomme ich zur Antwort, und ich weiß, dass ich gewonnen habe. Ich will schon weitere Bücher zur Inspektion herausziehen, als ein anderer Mann sich neben mich stellt und ebenfalls in der Kartonschachtel mit den Büchern zu kramen beginnt. Eine Zwickmühle, denn einerseits muss ich diesen unverschämten Konkurrenten augenblicklich loswerden, andererseits darf ich mich von der eigenen Gier nicht übermannen und den Händler dadurch ahnen lassen, dass es sich bei seiner Ware womöglich um etwas Besonderes handelt. Also drücke ich mit einem entschiedenen «Verzeihung!» sowie einer gezielten Kraftanstrengung den Arm des anderen beiseite, hebe den Karton hoch, erkläre dem Verkäufer in kurzen Worten, dass diese alten Schwarten genau das Richtige wären, um das Irish Pub meiner Freundin zu dekorieren, und dass ich, im Falle eines akzeptablen Gesamtpreises, den ganzen Karton auf einmal nehmen würde. Im selben Atemzug – um den Verkäufer abzulenken und ihm nicht zu viel Zeit zum Nachdenken zu lassen – weise ich mit einer Kopfbewegung auf einen Stapel mit Strick- und Modezeitschriften und erkundige mich nach ihrem Preis, mit dem Nachsatz, dass meine Freundin so etwas gerne lese.

Es löst sich alles in Wohlgefallen auf. Der andere Mann verhält sich still, steht nur gaffend daneben, und der Verkäufer ist froh, den Karton mit den Büchern um zehn Euro loszuwerden. Auf meine Frage, ob noch mehr von diesen Büchern da seien, gibt er zur Antwort, dass er die restlichen vor einigen Wochen ins Altpapier geworfen habe. Mich durchfährt ein Schmerz, aber ich lasse mir nichts anmerken, sage nur: «Aha, auch gut», und überreiche die zehn Euro. Für die Strick- und Modehefte könne ich mich allerdings doch nicht entscheiden, da wolle ich erst meine Freundin fragen: «Auf Wiedersehen!» Ich bringe den Karton zum Auto und begebe mich wieder zurück ins Getümmel, zu Marianne, die das ganze Geschehen selbstverständlich aus den Augenwinkeln verfolgt hat und mich mitwisserisch anlächelt.

Unsere Erfahrung ist, dass sich gute Funde an erfolgreichen Tagen häufen, als würde ein Glücksfall den nächsten nach sich ziehen. Und so ist es auch diesmal. Ich kann beobachten, wie Marianne auf dem Präsentiertisch einer älteren Frau zwischen selbstgestrickten Strümpfen, hässlichen Teetassen und Kerzenhaltern, gebrauchtem Kinderspielzeug und kitschigen Nippesfiguren etwas hervorzieht, das eindeutig nicht in diese Ansammlung passt. Sie hebt die Vase hoch, mustert sie und sagt dann lachend zu der Dame auf der anderen Seite des Tisches: «Haargenau die gleiche hat mir mein Mann letztes Jahr im Urlaub in Italien gekauft. Und erst vorige Woche ist sie mir beim Abstauben heruntergefallen und zerbrochen – was nehmen Sie denn dafür?» Die fünf Euro haben schnell ihren Besitzer gewechselt. Die freundliche Dame wickelt die Vase in Zeitungspapier und steckt sie in den Plastiksack eines Discounters, Marianne nimmt sie dankend entgegen und setzt ihren Weg fort.

Neugierig wie ich bin, will ich sofort wissen, was Marianne da erstanden hat. Sie gibt mir die Tasche, ich entferne das Zeitungspapier um die Vase und begutachte sie. Teilvergoldetes, bernsteinfarbenes Glas, Emailmalerei und orientalisches Dekor, und als ich unten auf der Vase die Bezeichnung *Brocard Paris 1867* lese, weiß ich Bescheid. «Bien fait!», sage ich anerkennend, und wir machen weiter.

Mittlerweile hat sich der Markt gefüllt. Die Chancen, noch etwas Lohnenswertes zu ergattern, werden von nun an sinken. Außerdem haben wir ohnedies schon unverschämt viel Glück gehabt. Trotzdem spähen wir unabhängig voneinander weiter nach rechts und links, lassen unsere Blicke über Teller, Schüsseln, Eierbecher, Uhren, Lampen, Porzellanfiguren und Krüge streifen, bis Marianne neben einer Schachtel mit Comichesten Halt macht und ein Bild in die Hand nimmt. Ich verstehe augenblicklich, warum, und hoffe, dass sie es nicht mehr loslassen wird. Die Signatur darauf ist deutlich als die von Joseph Beuys zu erkennen, daneben steht die Jahreszahl 1957. «Das ist von meiner Schwester», bekommt Marianne von dem älteren, bereits um diese Uhrzeit augenscheinlich alkoholisierten Herrn ungefragt zu hören, der mit einer Bierflasche in der Hand hinter dem Verkaufstisch in einem Klappstuhl sitzt. «Da hat sie einmal auf einem Bauernhof in Deutschland gearbeitet, gleich bei der holländischen Grenze, und dort hat sie diesen Schmierfinken kennengelernt. Na ja, jetzt ist sie auch schon fünfzehn Jahre tot.» Er nimmt einen Schluck von seinem Bier. «Ich wollte das ganze Gerümpel ja weghauen, aber meine Frau hat gesagt, bring es auf den Flohmarkt. Gefällt es Ihnen? Für zwei Euro können Sie es haben.» Marianne hält dieses frühe Beuys-Aquarell in ihren Händen, und als sie antwortet: «Wäre eins fünfzig auch okay?», muss ich beinahe lachen. Ich liebe ihre Unverfrorenheit. «Na gut», sagt der Herr, und Marianne drückt ihm zwei Münzen in die Hand. «Zumindest den Rahmen kann man ja vielleicht brauchen», lacht sie, und der Verkäufer erwidert: «Wem's gefällt. Prost!»

Marianne steckt den Beuys in ihren Plastiksack, wir zwinkern einander zu, und eigentlich könnten wir es jetzt bleiben lassen, aber unausgesprochen wollen wir es noch einmal wissen. Nur aus Langeweile blättere ich dann ein paar Reihen weiter, während Marianne nebenan ein paar Bronzefigürchen inspiziert, in einer Plattenwühlkiste und finde ganz hinten die Scheibe *Monster Movie* von *The Can*, wohlgemerkt in der Erstpressung. Ich nehme mir ein Vorbild an Marianne und handle den Preis von drei Euro auf zwei herunter und plaudere noch ein bisschen mit dem Verkäufer, der mir stolz berichtet, Musik nur noch am Computer zu hören, weil das viel einfacher sei. Dann ist es aber genug. Wir sind restlos zufrieden, steigen ins Auto und fahren heim.

Zuhause heizt Marianne erst einmal den Sparherd ein und macht uns einen Kaffee, bevor wir dann gemeinsam die Schätze auspacken und auf dem Küchentisch ausbreiten: Das Beuys-Aquarell, eine gute, abstrakte Arbeit aus seinen frühen Jahren, die *Brocard*-Vase, die *Can*-LP und die Bücher, bei deren Durchsicht ich noch weitere Rarissima identifizieren kann.

Das Hauptvergnügen fängt jedoch erst damit an, dass ich die Schallplatte aus ihrer Hülle nehme und sie prüfend ins Licht halte – einwandfrei, sie sieht aus wie ungespielt. Ich biege sie ein wenig hin und her, um dieses schöne flappende Geräusch zu hören. So geht das eine Weile, und Marianne beginnt vor Vorfreude schon ungeduldig mit den Füßen zu wippen. Es reizt mich auszuprobieren, wie belastbar Vinyl von 1969 sein mag. Die schwarzen gezackten Teile, die als Resultat auf dem Küchenboden liegen, kehre ich pflichtbewusst zusammen und lasse sie dann unter Mariannes Beifall in den Mistkübel fallen. Als nächstes öffnet sie das kleine Lichthoffenster, nimmt die *Brocard*-Vase und stellt sie auf die Fensterbank. Wir betrachten die exzeptionelle Arbeit des berühmten Glaskünstlers eine Zeitlang angetan, dann gibt Marianne ihr einen kleinen Stoß mit ihrem rechten großen Zeh, und kurz darauf vernehmen wir das Klirren vom Boden des Lichthofs fünf Stockwerke tiefer, ein besonders edles Klirren. Wir atmen beide zufrieden durch und beschließen, den Tag mit einer Flasche Wein zu feiern. Zuvor legt Marianne allerdings noch ein paar Holzscheite im Sparherd nach. Denn schon beginnt die Arbeit mit den Büchern. Zuerst reißen wir die Seiten einzeln heraus, dann aber aus einer Art Ungeduld gleich mehrere Blätter auf einmal. Aus einigen von ihnen falten wir Papierflugzeuge, die wir aus dem Wohnzimmerfenster auf die Straße segeln lassen, allerdings eignet sich das alte Papier nicht sonderlich dafür, weswegen wir dazu übergehen, den Großteil der Blätter nach kurzer Ansicht einfach in den Herd zu stecken. Eine besonders angenehme Hitze strahlt von ihnen aus, eine samtene, weiche, runde Hitze, die uns bis ins Innerste zu wärmen scheint.

Die Beuys-Arbeit bewundern wir eingehend in der untergehenden Abendsonne. Als die Dämmerung hereinbricht, füllt Marianne unsere Gläser mit Wein und gießt das ihre – gleichsam als nachträgliches Trinkopfer an die Göttin Fortuna – behutsam über das Aquarell. Es ist erstaunlich, wie sich der nahezu schwarze Rioja mit den anderen Farben auf dem Blatt verträgt, wie rasch sich das Papier vollgesogen hat und der Studie eine interessante Note verleiht. Freilich hilft Marianne ein wenig mit ihren Händen nach, während ich zusätzlich noch die Reste aus meiner Kaffeetasse bedächtig auf das Bild tropfen lasse. Dann allerdings zerknüllt Marianne den Beuys zügig und sucht die Toilette auf, aus der ich kurz darauf das Rauschen der Spülung höre.

Lange bleiben wir noch in unserer Küche und lauschen, wie der allmählich auskühlende Herd hin und wieder ein Knacken von sich gibt. Draußen, vor dem großen Fenster, das die Aussicht auf einen anderen

Gemeindebau und ein angrenzendes Waldstück frei-
gibt, beginnen sich nach und nach die Sterne gegen
die Lichter der Stadt durchzusetzen. Ein paar Fleder-
mäuse ziehen ihre Bahnen, und ein Flugzeug zeich-
net einen von der bereits untergegangenen Sonne
angestrahlten Kondensstreifen in den Himmel. Wir
sitzen da und schauen in die Weite, bis wir schließlich unsere leeren Weingläser in die Abwasch stellen
und ins Schlafzimmer gehen.

Als ich dann im Dunkeln im Bett liege und Mariannes warmen Körper neben mir spüre, durchströmt
mich, kurz bevor die Träume das Ruder übernehmen,
noch einmal ein allumfassendes Gefühl der Euphorie
über diesen Tag, über diesen schönen, wunderbaren,
unwiederbringlichen Tag der Freude und des laute-
ren Glücks.

XVII

Nach längerer Zeit fasse ich mir ein Herz, greife zum Telefon und rufe Marianne an, um ihr mitzuteilen, dass ich sie wieder einmal besuchen möchte, und zu erfahren, wann es ihr recht sei. Ihre Stimme verrät, dass sie etwas geschwächt ist, aber sie hat nichts einzuwenden und bittet mich, am mittleren Nachmittag zu kommen. Also drücke ich Punkt drei Uhr den Knopf neben ihrem Namen auf der Gegensprechanlage.

Das Heim für betreutes Wohnen, in dem sie seit ihrem letzten Schlaganfall untergebracht ist, wirkt unheimelig und steril, es riecht wie in einem Krankenhaus, was es ja in gewisser Weise auch ist. Keine Bilder an den Wänden, keine Topfpflanzen, nichts.

Mariannes Wohnung befindet sich im ersten Stock, und sie erwartet mich schon an der Tür. Wir geben einander einen Kuss, dann bittet sie mich weiter. Das Zimmer ist aufgeräumter als bei meinem letzten Besuch vor ein paar Monaten. Vielleicht geht eine Heimhilfe im Haushalt zur Hand. Auch Marianne selbst sieht etwas besser aus. Zwar ist sie immer noch ziemlich bleich und adipös, aber sie erinnert zumindest nicht mehr an eine lebende Leiche.

Nach unzähligen Operationen kann sie sich nur noch mit Krücken oder dem Rollator fortbewegen, und seit mittlerweile sieben Jahren kann sie ausschließlich im Sitzen schlafen. Zwischen den Bergen aus Plastiksäcken und Pappkartonschachteln, die mit allerhand Hausrat und Krimskrams vollgestopft sind, steht die Couch, auf der Marianne den Großteil ihres Lebens zu verbringen genötigt ist. Sie hat beim Umzug nur wenig von der Einrichtung ihrer ehemaligen 300-Quadratmeter-Wohnung mitnehmen können. Alles, wovon sie sich nicht trennen wollte – Bilder, Bücher, Schallplatten, ihre Sammlung von Engelsfiguren, alte Konzertplakate und so weiter –, stapelt sich jetzt um sie herum bis zum Plafond und lässt die Wohnung, die außer Badezimmer und Vorzimmer nur aus diesem einen Raum besteht, wie eine Mischung aus zugemüllter Messie-Bude und übergroßem Schrein wirken. In der Mitte die Couch, auf der Marianne tagsüber wie auf einem Altar einer Hippiesektenkirche thront, umgeben von den Paraphernalien ihres mittlerweile fast achtzig Jahre dauernden Lebens.

Sie lässt sich vor Schmerzen stöhnend auf der Couch nieder, schaltet mit der Fernbedienung den Fernseher ab und fordert mich auf, mich selbst zu bedienen. Ich hole die Flasche Cognac aus dem Kasten unter der Abwasch hervor, fische ein Glas aus dem von schmutzigem Geschirr überquellenden Spülbecken, wasche es aus, entkorke die Flasche und schenke mir ein. Dann nehme ich im Lehnstuhl ihr gegenüber Platz. Zwischen uns ein Tisch, darauf ein paar Orangen, eine Teekanne und ein Haufen Blisterpackungen. Marianne muss täglich beinahe ein Dutzend verschiedener Medikamente einnehmen. Um den Hals hat sie ein Handtuch geschlungen, weil ihr andauernd der Schweiß in den Nacken rinnt, wie sie erklärt.

Ich hebe mein Glas auf ihr Wohl, Marianne lächelt und macht eine Dankesgeste.

Ich trinke einen Schluck, dann sage ich: «Komm rüber zum Fenster, mein Liebling, ich würde dir gern aus der Hand lesen.» Wie aus Verlegenheit füge ich hinzu: «Ich bin nämlich so eine Art Zigeunerbub.»

«Das warst du vielleicht, bevor ich dir erlaubt habe, bei mir zu übernachten», erwidert Marianne mit liebevollem Spott. «Und zum Fenster kommen kann ich leider nicht, es ist ja alles vollgeräumt, wie du siehst. Im Übrigen habe ich gedacht, *Zigeuner* sagt man nicht mehr?»

Ich lächle, nehme noch einen Schluck und sehe mich im Zimmer um. Auf einem Bücherstapel neben dem Tisch lehnt das Gemälde von Tizian, das Marianne also noch nicht verkaufen musste. Oder, wer weiß, vielleicht ist es ja gar kein echter Tizian. In seinem Rahmen stecken Fotos ihrer Kinder und Enkel. Ihre Tochter arbeitet als Managerin eines Luxushotels in Florida, ihr Sohn in leitender Funktion bei Siemens, ebenfalls irgendwo in den USA. Hin und wieder skypen sie miteinander. Oben, auf dem Rahmen des Bildes, steht eine kleine Armee von Nippesengeln, freilich nur ein kleiner Teil von Mariannes einst riesiger Sammlung.

«Ich würde gern mit dir zusammenleben», sage ich unvermittelt.

«Aber ...?», fragt Marianne.

«Aber ...», setze ich an und nehme schnell noch einen Schluck, verschlucke mich aber gleich darauf und muss husten. Als ich wieder normal atmen kann, fahre ich fort: «... wenn du da bist, vergesse ich immer so viel.»

Marianne mustert mich aufmerksam.

Ich weiche ihrem Blick aus. Das, was ich über die Sache mit den Engeln sagen wollte, will mir auf einmal nicht über die Lippen. Stattdessen hole ich mein Zigarettenpäckchen aus der Sakkotasche und zünde mir eine an.

«Bitte nicht», meint Marianne, «ich bekomme so schwer Luft.»

«Verzeih», erwidere ich, stehe auf und lasse die brennende Zigarette in eine halbvolle Teetasse in der Abwasch fallen. Dann setze ich mich wieder in den Lehnstuhl und höre mich mit ernster Stimme sagen: «Ich habe vergessen, für die Engel zu beten. Und dann haben die Engel vergessen, für uns zu beten.»

Marianne erwidert nichts, wir schweigen beide eine Weile.

Doch weil mir das Schweigen bald unangenehm wird, beschließe ich, das Thema zu wechseln. «Erinnerst du dich ...», aber dann falle ich wieder ins Schweigen zurück.

Ich würde es gerne aussprechen, aber dass Marianne und ich noch ziemlich jung waren, als wir einander das erste Mal begegneten, erwähne ich jetzt nur für mich in Gedanken. Es war in einem Park, glaube ich, und ich würde mich auch ein bisschen schämen, vor ihr zuzugeben, die Umstände unseres ersten Zusammentreffens im Detail nicht mehr so recht parat zu haben. Meiner Erinnerung nach jedenfalls war der Park dunkelgrün, fast dschungelhaft grün, und ich entsinne mich auch der lila Fliederblüten, und dass wir aus der Meerschaumpfeife von Mariannes Großvater Hanf geraucht haben. Doch schon bei der Vorstellung, diese Bruchstücke zur Sprache zu bringen, scheitere ich. Wie soll ich bloß in Worte fassen, was mir auf der Zunge liegt?

Mein Blick schweift im Raum umher wie ein Vogel, der versehentlich in ein Zimmer geflogen ist und nun nicht mehr hinausfindet, und bleibt schließlich an einem Kruzifix hängen, das neben einer Porzellanente oben auf der Vitrine mit den verstaubten Champagnerkelchen und anderen Gläsern steht. Ich verspüre das obskure Verlangen, mit Marianne irgendwo im Dunkeln zu knien. Was für einen Unsinn ich schon wieder zusammendenke! Aber wie soll ich nur an unser Gespräch anknüpfen?

Marianne hilft mir unerwartet aus der Verlegenheit, indem sie mich bittet, die defekte Glühbirne in der Deckenlampe auszutauschen. Ich bin froh über diese Ablenkung und hole nach Mariannes Anweisung die Leiter und eine Ersatzbirne aus dem Vorzimmer.

Während ich mich abmühe, die Abdeckung der Leuchte zu entfernen, frage ich Marianne, wieso ich mich trotz der E-Mails, in denen sie mir versichert, stets an meiner Seite zu sein, immer noch so einsam fühle. Aber ich erhalte keine Antwort. Vielleicht hat sie mich nicht gehört.

Ich schaffe es schließlich, den Lampenschirm abzumontieren und die neue LED-Leuchte einzuschrauben. Als ich von der Leiter hinunterschaue, fällt mir auf, dass sich ein fast fingerdicker Strang von Spinnweben zwischen meinem rechten Fußknöchel und einem Pflasterstein spannt, der in einer Kartonschachtel vor der Vitrine liegt. Es muss der Pflasterstein sein, den ich Marianne einst aus Prag mitgebracht habe und den sie jahrelang als Briefbeschwerer benutzt hat. Woher aber diese Spinnweben kommen, ist mir ein Rätsel. Offenbar ist Mariannes Heimhilfe doch nicht so aufmerksam, wie ich anfangs gedacht habe.

«So, fertig!», verkünde ich, steige wieder herunter, wische mir die Spinnweben ab und trage die Leiter zurück ins Vorzimmer.

«Danke», sagt Marianne. Dann hievt sie sich unter sichtlicher Anstrengung aus der Couch hoch und humpelt mit den Krücken ins Badezimmer.

Ich setze mich in den Lehnstuhl und schenke mir Cognac nach. Irgendwie fühle ich mich fehl am Platz, sehne mich einerseits nach einer Liebesbezeugung von Marianne, die sie jedoch offensichtlich bewusst zurückhält, wie um mir alle diesbezüglichen Implikationen zu ersparen, andererseits fühle ich mich kalt wie eine neue Rasierklinge und ungeeignet für intensiveren Hautkontakt. Marianne, so fällt mir jetzt auf, ist just in dem Moment ins Badezimmer gegangen, als ich ihr irgendetwas Verworrenes über meine Neugier und meinen fehlenden Mut gestehen wollte. Ich überlege, was ich stattdessen von mir preisgeben könnte, und als sie sich vom Badezimmer zurück zur Couch schleppt, sage ich: «Oh, du bist wirklich so hübsch!» Aber sogleich wird mir das Lächerliche und Despektierliche meiner Aussage klar, und ich fange an zu stammeln, dass ja sie es war, die damals fortgegangen ist und sogar ihren Namen geändert hat. Dann füge ich nicht weniger verworren hinzu, dass ich damals auch selten daheim war, stattdessen in den Bergen klettern gewesen bin, um meine Augenlider im Regen zu waschen.

«Ich weiß», seufzt Marianne, während sie sich zwischen den Pölstern und Decken auf der Couch zurechtsetzt und sich dann aus der Kanne Tee nachschenkt.

Aber ich kann nicht aufhören, weiter zu reden, es ist wie ein Zwang. Als wollte ich etwas gutmachen, das längst nicht mehr gutzumachen ist, und so fahre ich fort: «Deine Augen, ich vergesse sie. Sie verschwimmen wie dein Körper im Meer – damals, erinnerst du dich? –, als ich an der Reling stand und jede Welle dich mit ihren Nebensätzen zu vertilgen suchte …»

Ziemlich improvisiert und kitschig, das ist mir bewusst, aber ich lege dessen ungeachtet nach: «Und ich schmecke das Salz auf meinen Lippen, und du stehst neben mir, und gemeinsam blicken wir auf das nächtliche Meer, und ich fühle mich auf einmal wie ein Gläubiger, und mein Glaube scheint darauf zu fußen, dass du jedem erzählen wirst, was du mir als Geheimnis verkauft hast … als geheimes Geheimnis wohlgemerkt! … verzeih bitte …», ergänze ich, «es scheint, ich bin schon leicht betrunken.»

Und wie um das zuletzt Gesagte zu unterstreichen, nehme ich das Cognacglas und proste Marianne zu. Da lacht sie auf einmal, und gleichzeitig rinnen ihr Tränen über die Wangen. Ich würde es ihr gerne gleichtun, aber es gelingt mir nicht.

In genau diesem Augenblick merke ich, dass nun nichts mehr zu sagen ist. Ich spüre, unser gemeinsames Gedicht, unser Lied ist zu Ende, es wird keine weiteren Strophen, keine Zugabe geben, und während ich aufstehe und in meine Jacke schlüpfe, ahne ich auch, dass mir die Kraft fehlen wird, Marianne für die bevorstehenden Operationen alles Gute zu wünschen, und dass ich sie wahrscheinlich niemals wiedersehen werde. Und so vermeide ich es, ihr ein letztes Mal in die Augen zu schauen, sondern bewege mich geradewegs zur Tür, öffne sie, trete auf den kalten, sterilen Gang hinaus, wo automatisch die digital gesteuerte Beleuchtung angeht, und bevor ich die Tür ins Schloss fallen lasse, wende ich meinen Kopf noch einmal zurück und sage: «So long, Marianne!»

XVIII

Eines Tages wird Marianne mich bitten, in den Keller zu gehen, um nachzusehen, ob wir noch leere Einmachgläser in unserem Abteil haben. Sie wird diese Bitte aussprechen, während sie in der Küche steht und in einem Topf rührt, in dem Marmelade köchelt. Ich werde mich nebenan im Wohnzimmer aufhalten und versuchen, den Senderdurchlauf unseres neuen digitalen Fernsehers zu aktivieren. Zuerst werde ich so tun, als hätte ich nichts gehört, und erst wenn Marianne ihre Bitte eine Spur lauter wiederholt, werde ich davon ablassen, mich von der Couch erheben und in die Küche gehen. Ich werde sehen, wie Marianne dasteht, mit einer Zigarette in der einen, dem Kochlöffel in der anderen Hand, einer Schürze und aufgekrempelten Ärmeln. Ich werde sie fragen, wo der Kellerschlüssel hängt, und sie wird antworten, dass er dort hängt, wo er immer hängt. Dann werde ich mir die Schuhe anziehen, wobei ich mir unerklärlicherweise einen Moment lang nicht mehr sicher bin, wie man sich die Schnürsenkel bindet. Doch ich werde der Regung, Marianne zu bitten, mir zu helfen, nicht nachgeben, es nochmals versuchen und letztlich aus eigenem Bemühen hinbekommen. Ich werde eine kurze Weile auf dem Sessel im Vorzimmer sitzen bleiben und Marianne zu dem Lied summen hören, das aus dem kleinen Küchenradio kommt. Ich darf nicht zu lange warten, werde ich denken, meinen Körper hochhieven, den Kellerschlüssel vom Wandhaken bei der Eingangstür und die kleine Stabtaschenlampe, die daneben hängt, an mich nehmen und Marianne fragen, ob sie außer den Einmachgläsern noch etwas braucht. Sie wird verneinen, und ich werde nicht wissen, was ich sonst noch fragen könnte, und so werde ich mich auf den Weg machen. Ein letzter Blick in die Küche, Marianne wird gerade auf den dampfenden Kochlöffel blasen, um etwas von der Marmelade zu kosten, und ich werde ihre Brustwarzen durch den Stoff der Schürze sehen und mitteilen, dass ich dann also in den Keller gehe, und Marianne wird erwidern, dass ich mich beeilen soll. Ich werde mir ein Jackett überziehen, die Wohnungstür öffnen, hinaus in den Gang treten und die Tür hinter mir schließen. Dann werde ich die drei Stockwerke bis zum Erdgeschoß hinabsteigen. Meine Schritte werden wie gewohnt hallen, es wird wie immer nach Treppenhaus riechen, und irgendjemand, den ich nicht kenne, wird mit dem Aufzug hinauffahren, während ich mich nach unten bewege. Ich werde das hüfthohe Gittertor vor dem Abgang zum Keller aufmachen und die paar Stufen bis zur Kellertür hinuntergehen, sie mit dem Schlüssel aufsperren, den Lichtschalter drücken und zugleich die Taschenlampe anknipsen, damit mich die Zeitschaltung der Kellerbeleuchtung nicht überrascht, während ich in unserem Abteil nach den Einmachgläsern suche. Ich werde einen Blick in den ersten Gang mit den Abteilen werfen, von denen einige, sichtlich ungenutzt, offenstehen. Ich werde an ihnen entlanggehen, darin Schutt und vermoderte Bretter, verstaubte Flaschen und ausrangierte, verrostete Fahrräder sehen, und ich werde mich nicht so recht erinnern können, wo genau sich unser Abteil befindet, und mich deshalb an den Nummern orientieren müssen, die mit blauer Kreide auf den Türen vermerkt sind. Ich werde um eine Ecke biegen, einen weiteren Gang abschreiten, auf der Suche nach unserer Nummer, und mir nicht sicher sein, ob es sich um die Einundzwanzig oder die Vierundzwanzig oder die Fünfundzwanzig handelt. Und ich werde um eine zweite Ecke biegen, in einen Gang, den ich gar nicht mehr im Gedächtnis habe. Eine Rohrleitung auf Kopfhöhe wird mich zwingen, gebückt darunter hindurchzuschlüpfen, und ich werde wiederholt nach rechts und links schauen und mich fragen, wann denn endlich unser Abteil auftaucht. Und dann werde ich zu einem weiteren Gittertor kommen, ähnlich dem im Erdgeschoß, und überrascht feststellen, dass es offenbar ein zweites Untergeschoß gibt, und so werde ich hinabsteigen. Das Licht der Taschenlampe wird etwas schwächer werden, und ich werde mir zum Vorwurf machen, die Batterien nicht rechtzeitig gewechselt zu haben, aber noch wird der Strahl stark genug sein, und auch die Kellerbeleuchtung wird ihren Dienst tun. Unten werde ich mich in einem weiteren Trakt mit Kellerabteilen befinden, noch eine Spur verwahrloster als im Stock darüber, und hier werden Ziegelstücke im Weg liegen und verbogene Metallteile, alle mit einer dicken Staubschicht überzogen. Ich werde darüber hinwegsteigen, vorbei an den teils offenen Abteilen, die noch mehr vermodertes Gerümpel als die im ersten Geschoß beherbergen, ich werde wieder zweimal um die Ecke biegen, immer Ausschau halten nach der Nummer unseres Kellerabteils, und wieder werde ich auf ein Gittertor stoßen und noch eine Treppe hinunterstapfen, und wenn ich unten angekommen sein werde, wird die abgelaufene Zeituhr die Kellerbeleuchtung zum Erlöschen bringen. Es wird kein weiterer Schalter zu finden sein, sodass ich auf das Licht meiner Stabtaschenlampe angewiesen sein werde. Vor mir wird sich in ihrem Lichtkegel ein langer, leicht abschüssiger, gewölbt geziegelter Gang auftun, den ich hinabgehen werde, dabei immer wieder Girlanden aus Spinnweben und Staub mit den Händen aus meinem Sichtfeld wischend, und mir wird auffallen, dass es hier gar keine Türen mehr gibt. Also werde ich vermuten, dass unser Abteil wahrscheinlich in einem hinteren Trakt liegen muss, denn bis jetzt habe ich es noch nicht entdeckt, und so werde ich drauflosmarschieren, und der Gang wird immer abschüssiger werden, teilweise so sehr, dass ich Angst haben werde, ins Rutschen zu geraten, aber dann wird da plötzlich eine Wand sein und davor, zu meinen Füßen, ein runder Schacht, in den eine Leiter hinabführt. Ich werde einsehen, dass es jetzt auch keinen Sinn mehr macht umzukehren, und beginnen, die feuchte, rostige Leiter hinunterzuklettern. Die Taschenlampe werde ich dabei zwischen meine Zähne klemmen, und der Abstieg wird länger dauern als angenommen, vielleicht eine Minute, vielleicht fünf, und zeitweise werde ich dabei so etwas wie ein dumpfes Maschinenstampfen hören, aber dann doch wieder nur Stille, sodass ich mir nicht sicher werde sein können, ob ich es mir womöglich nur eingebildet habe, und schließlich wird die Leiter zu Ende sein, und ich werde mich wieder auf festem Boden befinden. Dem schwachgelben Licht der Taschenlampe nach wird da ein weiterer Gang vor mir liegen, diesmal nicht geziegelt, sondern aus massiven Steinquadern, und mich wird das Gefühl beschleichen, mich ein wenig beeilen zu müssen, im Wissen, dass die Marmelade bald fertig sein und Marianne die Einmachgläser brauchen wird, also werde ich mich im Laufschritt voranbewegen, wobei ich mit dem Umstand konfrontiert sein werde, dass dieser Gang in seinem Verlauf niedriger wird, je weiter er führt. Zunächst werde ich mich also wieder bücken, dann in die Hocke gehen und zuletzt sogar auf allen vieren kriechen müssen, mit der zusehends schwächer werdenden Taschenlampe im Mund. Und erneut werde ich am Ende des Ganges an eine Mauer stoßen und am Boden einen Metalldeckel ausmachen, mit den Händen den darauf liegenden Staub und Sand wegwischen, nach einem Mechanismus zum Öffnen suchen, diesen finden, den Deckel hochklappen, eine Luke mit einer Leiter entdecken, diese hinabsteigen, und der Abstieg wird mir endlos vorkommen, die Stabtaschenlampe wird nur noch eine traurige Funzel sein. Und wenn ich dann die letzte Sprosse erreicht haben werde, die sich unter meinem Tritt zuerst durchbiegen und dann spürbar in etwas Weiches verwandeln wird, werden meine Beine weiter unten keinen Widerstand ertasten können, und das Licht der Lampe wird endgültig verlöschen, und mir wird nichts anderes übrigbleiben, als mich auf gut Glück fallen zu lassen, und gleich darauf werde ich mich mit der Tatsache auseinanderzusetzen haben, dass ich in kaltem, bodenlosem Schlamm gelandet bin. Und während ich versuchen werde, in diesem Morast irgendwie voranzukommen oder mich gar aus ihm zu befreien, wird mir plötzlich, während ich immer tiefer sinke und bald schon nur mehr meine Schultern und mein Kopf aus dem Schlamm ragen, schmerzlich bewusst geworden sein, dass ich versagt habe, dass ich meiner Pflicht nicht nachgekommen bin, dass ich das Abteil nicht gefunden, keine Einmachgläser nach oben gebracht habe und Marianne sich zu Recht denken wird, dass ich nicht einmal für so etwas zu gebrauchen bin. Aber noch werde ich mich nicht geschlagen geben, ich werde, im Gegenteil, tief Luft holen und in den unermesslichen Schlamm hinabtauchen, denn irgendwo da unten muss sich ja unser Abteil befinden, sonst wäre ich auf meinem Weg hinab doch sicherlich daran vorbeigekommen.

XIX

«Ach, immer diese öden Dystopien, die wir aus Angst
so lange heraufbeschwören, bis sie dann Wirklichkeit werden.» Marianne seufzt, während sie durch
einen Spalt der Styrodurplatten, mit denen wir die
Fenster abgedämmt haben, hinaus auf die Straße
blickt und sich dabei noch enger in die alte Decke
aus Kaschmirseide wickelt, die ihre Eltern einst aus
Afghanistan mitgebracht haben.

An Kälte kann man sich nicht gewöhnen, auch
nicht, wenn sie Monate andauert. Die Gasheizung
funktioniert nicht mehr, die Zulieferpipelines sind
zerstört, die meisten Förderanlagen und Kraftwer-
ke stillgelegt. Die Bäume in der Stadt und die Wäl-
der im größeren Umkreis sind seit knapp einem Jahr
nahezu gänzlich abgeholzt. Und seit dem angeblichen
Ausbruch verschiedener Seuchen ist es für Leute wie
uns verboten, unsere Rayongrenzen zu übertreten.
Die öffentlichen Wärmehallen und -bunker sind alle
überfüllt, für die privat betriebenen fehlt uns das
Geld, und Benzin oder Koks sind am Schwarzmarkt
sowieso unerschwinglich geworden.

Marianne und ich haben insofern Glück, als wir einen Ofen besitzen, der jahrelang unbenutzt im Keller ihres Elternhauses gestanden ist. An den Tagen
und in den Nächten, da die Temperatur auf Polar-

kreisniveau fällt, ist er unsere einzige Überlebens-
chance.

Ich erinnere mich, dass wir bei den ersten Liefer-
engpässen, wie alle anderen Stadtbewohner auch,
gehamstert haben, aber irgendwann waren auch
diese Vorräte aufgebraucht. Marianne, immer schon
praktischer veranlagt als ich, hatte in der Folge mehrere gute Ideen, denen wir nachgingen. Leider waren
wir nicht die einzigen, die nachts über die Zäune der
Müllplätze stiegen, um Brennbares davonzuschlep-
pen, und bald wurden Orte wie diese so abgesichert
und bewacht, dass an ein Einsteigen nicht mehr zu
denken war.

Dann Mariannes Einfall mit den verlassenen Woh-
nungen. Wir gingen durch sämtliche Häuser unseres Rayons, doch zum einen gab es kaum noch Leer-
stand, zum anderen waren wir auch mit dieser Idee
nicht die Ersten. Immer öfter hörte man von Todes-
opfern, Verzweifelten, die beim Kampf um eine ver-
lassene Wohnung den Kürzeren gezogen hatten.
Auch gab es Gerüchte über organisierte Banden, die
Wohnungsbesitzer umbrachten, um an deren Behau-
sung und Möbel zu kommen, die dann wieder auf dem
Schwarzmarkt landeten oder bei illegalen Versteige-
rungen an den Höchstbieter fielen. Alles Verheizbare,
von der Parkbank bis zu hölzernen Bahnschwellen,
war aus dem öffentlichen Raum verschwunden. Der
Rest war von Schnee und Eis bedeckt, darüber fegte
der Wind hinweg.

Seit langer Zeit ernähren wir uns nun schon von

Trockenfleisch und Konserven, die wir dank eines glücklichen Umstands rechtzeitig in großen Mengen in unsere Wohnung schaffen konnten. Die wenigen Verpflegungszentren in der Stadt gleichen Hochsicherheitsgefängnissen. Plünderungen kommen selten vor, weil es kaum noch etwas zu plündern gibt. Wer konnte, hat den Kontinent längst verlassen, die Mehrzahl konnte freilich nicht. Der einzige Vorteil der extremen Kälte ist, dass es keinen Leichengestank gibt. Woher der Großteil des Schwarzmarktfleisches stammt, ist allerdings ein offenes Geheimnis.

Um nicht zu erfrieren, entschließen Marianne und ich uns eines Tages, alles Brennbare in der Wohnung zu verheizen. Es sind unsere letzten Reserven, aber es ist uns auch so kalt, dass keiner von uns etwas dagegen einzuwenden hat. Als erstes muss die Jugendstilkredenz meiner Urgroßeltern daran glauben. Als ich die Axt in das dunkle, kunstvoll verarbeitete Holz schlage, empfinde ich seltsamerweise eine Art Frohlocken, als wäre dieses Relikt aus vergangenen Zeiten schuld an unserer gegenwärtigen Misere und mein Gewaltakt die Rache und verdiente Strafe. Es dauert nur ein paar Minuten, dann ist die ehemals als wertvolle Antiquität gehandelte Kredenz Kleinholz. Glücklich sitzen wir in der Nacht vor dem Sichtfenster des Ofens und sehen zu, wie die Flammen über die floral anmutenden Intarsien aus dem Fin de Siècle züngeln.

In der nächsten Eisnacht, als wir sogar unter vielen Schichten Kleidung – hauptsächlich Zobel- und

Chinchilla-Pelze von Mariannes Mutter – zu erstarren drohen, kommt die Biedermeierkommode dran. Auch sie macht uns die Kälte eine Spur erträglicher. Ebenso ergeht es danach den Kleiderkästen, den Küchenschränken, dem Wohnzimmertisch und meinem josephinischen Schreibtisch, und bald schon räumen wir alle Bücher aus unserer Bibliothek und verheizen die Regale, in denen sie jahrzehntelang gestanden sind. Zum Glück haben wir uns damals für massive Eiche und gegen billiges Pressspanzeug entschieden. Es folgen Sessel, Tische, die Ledersofas, Kästen und Schränke. Wir verbrennen tagelang alles, was wir finden können, bis vom Mobiliar einzig und allein die Stahlrohrstühle, der Muranoglasluster und unser Bett übrig sind.

Die Kälte wird nicht erträglicher. Doch einmal noch raffen wir uns auf, um auf die Straße zu gehen. Der Anblick dieser Eiswüste, auf deren Oberfläche kleine Erhebungen auf darunter liegende Leichen schließen lassen, der gehässig peitschende Wind und die einen unmittelbar in Geiselhaft nehmende Kälte – all das zwingt uns nach wenigen Schritten umzukehren.

Wieder zuhause, verbarrikadieren wir die dreifach versperrte Wohnungstür mit den unbrauchbar gewordenen Haushaltsgeräten, Kühlschrank, Waschmaschine und Elektroherd, und Marianne spricht aus, was auch ich mir schon gedacht habe – dass es nämlich keinen Sinn mehr haben würde, jemals noch hinauszugehen. Alles, was wir von nun an tun können, ist auszuharren und die Hoffnung auf Rettung aufrecht zu erhalten, bis wir nichts mehr zu essen und zu verheizen haben. Marianne deutet an, sich im Fall der Fälle doch noch einmal hinauszuwagen, um an Fleisch und Brennstoff zu kommen. «Auf keinen Fall!», rufe ich aus, aber es klingt nicht sehr überzeugend. Wir haben Proviant für ein, zwei Wochen. Bis dahin könnte ja auch ein Wunder geschehen.

Noch am selben Tag beginne ich, alle Türen und Türstöcke, bis auf die Eingangstür, kleinzuhacken. Sie brennen gut und geben genug Wärme. Dann schlage ich die Fensterstöcke aus den Wänden, doch nur soweit, dass die Fenster selbst verankert bleiben. Weiters hacke ich mit der Axt alle Zwischenwände auf, um mögliche Stützbalken oder Isoliermaterial ausfindig zu machen, aber leider ist alles solide aus Ziegeln gebaut. Marianne stemmt inzwischen mit einem Schraubenzieher den Parkettboden auf. Als letztes Möbelstück zerhacke ich unser Bettgestell. Es stammt aus der Präsidentensuite eines alten Grandhotels und hat vermutlich berühmten Persönlichkeiten als vorübergehende Schlafgelegenheit gedient. Es wandert Stück für Stück in den Ofen, der manche Happen begierig zu verschlingen scheint, sich andere wiederum genüsslich über Minuten auf seinen Flammenzungen zergehen lässt. Tags darauf wird auch die Matratze aus Kokosfasern geopfert. Alle Kleidungsstücke, die wir nicht zum Schutz vor der Kälte brauchen, wie Mariannes Strandkleider oder meine japanischen Zori-Sandalen, kommen als nächstes an die Reihe, und bald schon nehmen wir uns das Kleinzeug vor, wie Bilderrahmen, Schneidbretter oder Holzkluppen und zuletzt sogar den Stiel der Axt.

Dann ist nur noch das vorhanden, was wir in den Regalen aufbewahrt haben. Wir haben unausgesprochen vereinbart, uns von liebgewonnenen Gegenständen und jenen Dingen, die sich eventuell noch zu Geld machen lassen, zuletzt zu trennen. Trotzdem wird meine Schallplattensammlung schon bald ein willkommener Raub der Flammen. Um uns die Zeit zu vertreiben, während wir die Plattenhüllen zerreißen, singen wir ab und zu ein Lied, das sich auf einer der Platten befindet. Leider ist Mariannes Gitarre längst zu Asche geworden, sonst könnten wir unseren Gesang begleiten. Dass wir unseren Humor noch nicht ganz verloren haben, zeigt unser verhaltenes Lachen, als Marianne *Fire* von Arthur Brown aus dem Stapel zieht, um nachzulegen. In der Folge versuchen wir, uns mit Fundstücken dieser Art zu überbieten. Während ich triumphierend *Firestarter* von Prodigy hochhalte, bevor ich die Hülle der Maxi-Single ins Ofenloch stopfe, beginnt Marianne *Who By Fire* von Leonard Cohen anzustimmen, während sie das Cover der zugehörigen Platte, auf dem ein sich liebendes Engelspaar zu sehen ist, in vier Teile reißt und ebenfalls in den Ofen steckt. Leichtes Amüsement rufen auch Skrjabins *Vers La Flamme*, Debussys *Feux d'artifice*, der *Feuertanz* von de Falla und Händels *Feuerwerksmusik* hervor. Indes, irgendwann sind alle Tonträgerhüllen verbrannt, und wir frieren immer noch.

Also kommen die Literaturzeitschriften dran, die ich über Jahre angehäuft habe. Marianne hilft mir, sie aus meinem ehemaligen Arbeitszimmer zum Ofen zu schleppen. Bevor ich sie einzeln zerknülle oder zerfetze und ins Feuer werfe, mache ich Marianne auf den einen oder anderen Text aufmerksam oder erzähle ihr etwas über die Entstehungsgeschichte des jeweiligen Magazins, habe ich mich doch lange und ausführlich genug mit der Materie beschäftigt und einiges an Wissen darüber angesammelt. Ganze Jahrgänge von *Akzente*, von *Literatur und Kritik*, von *Sinn und Form* verschaffen uns durch ihren Brennwert ein wenig Behagen. Als die Reihe an die Reprintausgabe von Karl Kraus' *Fackel* und an die Hefte des *Brenner* von Ludwig von Ficker kommt, liegen uns die naheliegenden Kalauer gleichzeitig auf den Lippen. Gegen Ende verbleiben die Zeitschriften des 21. Jahrhunderts. «Scheiß Hochglanzpapier, brennt schlecht!», fluche ich, als ich Ausgaben der *Neuen Rundschau* verfeuere. «Da lobe ich mir die gute alte Kartonbroschur!», kontert Marianne und füttert den Ofen mit der Zeitschrift *kolik*. Bald ist auch meine Sammlung von Literaturmagazinen Geschichte. Nur noch unsere Bücher und die Bilder, deren Rahmen wir schon verheizt haben, sind noch da.

Was die in der Folge beschriebenen Ereignisse anbelangt, ist vorauszuschicken, dass uns ab einem gewissen Zeitpunkt jegliches Zeitgefühl verloren gegangen ist. Ob sie sich also in Stunden oder Wochen abgespielt haben, bleibt Spekulation. Hinzu kommt, dass der nagende Hunger es schwer macht, sich zu konzentrieren.

«Gehen wir es an», höre ich Marianne sagen, wie aus dem Nichts. Sie rafft sich auf und schleppt sich zu den Leinwänden, die an der Wand des Wohnzimmers lehnen. Sie nimmt einen kleinen Matisse, den sie von ihren Eltern geerbt hat, betrachtet ihn schweigend, bricht ihn dann über dem Knie entzwei und stopft ihn in den Ofen. «Gibt nicht viel her», sage ich, während ich zusehe, wie die Leinwand schnell auflodert und zerfällt. «Das teuerste Feuerchen der Welt», meint Marianne mit schiefem Lächeln, «lass es uns noch teurer machen.» Dem Matisse folgen ein Waldmüller, ein Schiele, mehrere Magrittes, ein Gerhard Richter und so weiter. Dann reiche ich Marianne ein Bild von Francis Bacon, und sie schneidet es mithilfe eines Messers in Streifen. Als es zu qualmen beginnt, kann ich mir den billigen Scherz nicht verkneifen: «I love the smell of smoky bacon», obwohl dies meinen Magen zum Knurren bringt. Das letzte Stück ist eine Zeichnung von Piranesi. Sie schwindet in ihrem Purgatorium schnell dahin, und wir zittern weiter.

«Last but not least – die Bücher», sage ich irgendwann, stehe auf und hole einen Stoß aus der Bibliothek. «Soll ich?», frage ich Marianne. Sie zuckt mit den Schultern, was ich als Zustimmung auffasse. «Ich übergebe der Flamme die Schriften von Erich Kästner», deklamiere ich mit einer Stimme, die den herrisch-abgehackten Tonfall eines SA-Führers imitieren soll, und stecke den Erstdruck von *Fabian* mit dem Originalumschlag von Georg Salter in den Ofen. Es schmerzt, das schöne Buch verbrennen zu sehen, aber dass die Temperatur dadurch für eine Minute steigt, ist es wert.

Mariannes Blick ist vom Feuer wie gebannt. Er scheint durch die Flammen hindurchzugehen, als wäre er auf das Nichts gerichtet. Es wirkt unheimlich, und ich berühre Marianne leicht an der Wange, wie um sie aufzuwecken. «Besser?», frage ich, aber sie antwortet nicht. «Na, dann heizen wir einmal mit dem richtigen Material!» Ich stehe auf und hole einen Stapel mit Büchern von Thomas Bernhard. «Was wäre passender als das?», sage ich und reiche Marianne die signierte Erstausgabe von *Frost*. Sie nimmt das Buch mit ihren zu einer Schale geformten Händen wie eine Hostie entgegen, blättert dann ein wenig darin, hält an einer Seite inne und liest vor: *In der Nacht stand ich, weil ich nicht einschlafen konnte, weil ich immer an mich denken mußte und mich durch nichts von mir ablenken konnte, auf und ging zum Fenster, um hinauszuschauen. Doch ich sah nichts.*

Dann steckt sie das Buch beinahe brüsk in den Ofen: «Mach du weiter, ich bin so müde.» Ich frage sie, halb ernst, halb im Spaß, wie ich die Bücherverbrennung denn weiter gestalten soll, chronologisch oder alphabetisch, aber sie sagt: «Mach einfach!», wickelt sich noch fester in ihren Pelz und lehnt sich an die Wand neben dem Ofen. Wie ein Akkordarbeiter sorge ich dafür, dass alle paar Minuten ein neues

Buch in die Brennkammer wandert, nur bei ein paar Titeln wie *Fahrenheit 451* von Ray Bradbury, Christopher Frys *The Lady's Not For Burning*, *Die Feuerprobe* von Werner Bergengruen und Elias Canettis *Blendung* halte ich ein paar Augenblicke inne.

Schließlich sind alle Bücher verbrannt, nur noch die von mir geschriebenen sind da. Das ist das Ende. Bevor allerdings die Flamme im Ofen zu verglimmen droht, stecke ich schnell mein zuletzt erschienenes Buch, *Geschichten mit Marianne*, hinein, leicht aufgefächert, damit es schneller Feuer fängt, und so verfahre ich mit jedem weiteren. Als *Die durchsichtigen Hände* an die Reihe kommen, wacht Marianne auf, beugt sich vor und hält ihre blauen Hände zum Wärmen vor die Scheibe des Ofenfensters, und tatsächlich wirken ihre knöchernen Finger im Licht der Glut fast durchscheinend.

Sie lehnt sich wieder an die Wand. «Weiter!», sagt sie mit schwacher Stimme, und ich schiebe meinen dritten Roman nach. «Im Nachhinein betrachtet hätte ich wohl besser dicke Wälzer schreiben sollen», witzle ich und stopfe gleich mein nächstes Werk nach.

«Mir ist so kalt», höre ich Marianne.

«Kein Wunder», erwidere ich, auch mir klappern die Zähne. «Der Titel dieses Buches lautet ja auch *Die Alaskastraße.*»

«Ist … das … alles?», fragt Marianne und es schüttelt sie am ganzen Körper, «sag … mir … noch … was … Schönes …»

Ich zögere kurz, dann lege ich das allerallerletzte Buch unserer ehemals umfangreichen Bibliothek in die knapp vor dem Verlöschen noch einmal aufflackernden Flammen, schließe die Ofentür, sehe zu, wie auch dieses Buch zu glosen, zu brennen beginnt, wie es auflodert und sich schließlich rauchend in Asche verwandelt, und ich beuge mich zu Marianne, presse meine Wange an ihre eiskalte Schläfe und flüstere ihr, obwohl ich mir nicht mehr sicher bin, ob sie mich noch hören kann, ins Ohr: *Heute könnte ein glücklicher Tag sein.*

XX

Manchmal bin ich mir nicht sicher, ob ich etwas geträumt oder wirklich erlebt habe. Ich weiß nicht, worauf das zurückzuführen ist, aber mir kommt vor, dass diese Schwierigkeit, Traum und Wirklichkeit zu unterscheiden, in den letzten Jahren zugenommen hat.

Ich frage mich immer öfter, wem oder was ich glauben soll. Zuweilen muss ich sogar bei wachem Verstand meine Hand ausstrecken, um mich zu vergewissern, dass ein Baum, ein Zählerkasten oder ein Salzstreuer kein Hirngespinst oder Hologramm ist. Nicht unähnlich einem Luzidtraum, nur mit dem Unterschied, dass ich nicht im Traum wach zu sein, sondern wach zu träumen scheine.

Diese Gedanken habe ich, während ich in Mariannes Badezimmer stehe und die Umrisse meines unscharfen Gesichts in dem vom Wasserdampf beschlagenen Spiegel betrachte. Sähe ich davon ein Foto, könnte ich nicht mit Bestimmtheit sagen, ob es sich dabei um mein Gesicht handelt – es wirkt eher, als würde mich ein Fremder im Schutz des Nebels anstarren und ausspionieren. Erst als ich mit der Hand über die feuchte Spiegelfläche wische, sodass gleichsam ein Nebelfenster entsteht, erkenne ich mich und bin versucht zu sagen: «Ah, *du* bist's schon wieder!»

Ich rasiere mich, föhne meine Haare und schmiere mein Gesicht mit einer Feuchtigkeitslotion ein, die mir Marianne geschenkt hat, denn um diese Jahreszeit trocknet meine Haut schnell aus. Zwar war es in den letzten Tagen nebelig, aber die Kälte ist desto unangenehmer.

Davon abgesehen liebe ich Nebel, denke ich, während ich in mein auf der Waschmaschine bereitgelegtes Gewand schlüpfe. Im Nebel, so kommt mir vor, werden die Menschen sanfter, man bewegt sich langsamer und vorsichtiger – es ist wie eine milde Naturkatastrophe, die uns vor Augen führt, dass wir alle im selben Raumschiff sitzen und verständnisvoll miteinander umgehen sollten.

Ein letzter Blick in den nun wieder blanken Spiegel, das Tagwerk kann beginnen – da fühle ich plötzlich, dass etwas nicht stimmt. Etwas ist anders als sonst. Ich merke es daran, dass ich, als ich die Badezimmertür öffnen will, ins Leere greife. Normalerweise ist die Türschnalle auf der linken Seite, und ich öffne sie längst, ohne darüber nachzudenken. Jetzt allerdings befindet sich die Schnalle rechts, als hätte sie die Zeit, in der ich in der Dusche war, dazu genutzt, die Seite zu wechseln. Ich stehe fassungslos da, und wieder einmal beschleicht mich das Gefühl, dass etwas mit meinem Kopf nicht ganz in Ordnung ist – ein Gefühl, von dem ich nie genau weiß, ob darin Angst oder Freude vorherrscht.

Da es einfach auch sein könnte, dass ich gestern zu viel getrunken habe und irgendetwas durcheinanderbringe, füge ich mich den Umständen – was bleibt mir anderes übrig? –, drücke die Schnalle und öffne die Badezimmertür. Anstatt nun wie gewohnt zur Linken in Mariannes Wohnzimmer und rechts in die Küche zu blicken, wo sie gerade das Frühstück zubereitet, finde ich mich am Anfang eines langen, düsteren Ganges mit Türen zu beiden Seiten, und der Gang ist so lang, dass ich nicht bis an sein Ende sehen kann. Er erinnert mich an den Flur eines Hotels oder einer etwas heruntergekommenen Pension, die Wände mit dunklem Holz vertäfelt, auf dem Boden ein abgetretener Läufer, auf dem billige, abgewetzte Orientteppiche liegen. Ich schließe die Badezimmertür hinter mir und mache einen Schritt nach vorne.

«Marianne?», rufe ich, erhalte aber keine Antwort, vernehme nur ein leises Echo, was die Vermutung nahelegt, dass der Gang ziemlich lang sein muss.

Da es sich auch um einen Backflash handeln könnte – erst vor wenigen Tagen haben Marianne und ich gemeinsam psychoaktive Pilze zu uns genommen – und ich mit den Streichen, die einem Drogenesser das Gehirn hin und wieder spielt, ausreichend vertraut bin, bewahre ich einen kühlen Kopf und tue so, als wäre es die normalste Sache der Welt, am Morgen nach dem Duschen aus dem Badezimmer zu treten und sich in einer unbekannten Innenarchitektur wiederzufinden.

Beleuchtet wird der Gang von alten Neonröhren, die etwa alle fünf Meter von der Decke hängen. Ich mache ein paar Schritte und bleibe vor der ersten

Tür rechts stehen. Soll ich anklopfen oder sie auf gut Glück öffnen? Als höflicher Mensch entscheide ich mich für Ersteres. Also klopfe ich dreimal kurz, aber nichts rührt sich. Ich klopfe nochmals, und als sich wieder nichts tut, drehe ich den Türknauf und öffne die Tür. Mein Blick fällt in ein weiträumiges helles Zimmer mit hohen Fenstern, die sich über die ganze Breitseite erstrecken. Ich sage: «Hallo?», keine Reaktion, also trete ich ein. Der Raum ist durchaus geschmackvoll eingerichtet, an den Wänden Bilder, die ich als Werke mir vertrauter Maler zu identifizieren glaube. An der linken Zimmerseite ein Kamin, in dem noch ein paar angekohlte Holzreste vor sich hin schwelen, in der Mitte ein großer Tisch, auf dem noch Gläser und Teller, Überreste eines sichtlich opulenten Mahls stehen. Ich umrunde den Tisch, um aus dem Fenster zu blicken, aber der Nebel ist heute so dicht, dass man gar nichts erkennen kann. Als ich eines der Fenster aufmachen will, stelle ich fest, dass die dafür erforderlichen Griffe fehlen.

An der Wand gegenüber vom Kamin steht ein Servierwagen mit Spirituosen und Gläsern. Obwohl es noch früh ist, beschließe ich, mir einen Schluck VAT 69 zu genehmigen, betrachte mit dem Tumbler in der Hand wie der Besucher einer Vernissage eine Weile die Gemälde an den Wänden, dann stelle ich das leere Glas auf den Tisch und verlasse den Raum. Als ich die Tür hinter mir geschlossen habe, fällt mir ein, dass ich ja die Flasche für alle Fälle mitgehen lassen könnte, wer weiß schließlich, was mich noch erwartet. Aber als ich den Knauf an der Tür wieder drehe, ist sie verschlossen, und ich bleibe ausgesperrt.

Pech gehabt, denke ich und klopfe an der Tür vis-à-vis. Wieder keine Reaktion aus dem Inneren, aber diesmal klopfe ich kein zweites Mal, sondern trete gleich ein.

Der Raum ist stockdunkel. Ich greife nach rechts an die Wand neben dem Türstock, wo für gewöhnlich die Lichtschalter sind, kann aber keinen finden. Und so einfach ins Dunkel vorzustoßen, dazu fehlt mir der Mut. Also lasse ich nur ein zaghaftes «Hallo?» vernehmen, erhalte aber keine Antwort, höre nur ein verhaltenes Plätschern, als würde jemand langsam mit der Hand durch ein Bassin fahren. Das ist mir unheimlich, und ich schließe die Tür. Als ich sie gleich darauf wieder zu öffnen versuche, muss ich feststellen, dass auch diese Tür kein zweites Eintreten gestattet. Also gehe ich weiter.

Die nächste Tür rechts – ich klopfe pro forma an und öffne sie eine Sekunde später.

Ich blicke in einen großen Saal, augenscheinlich der Speisesaal eines Grandhotels, nur dass seine besten Zeiten schon lange zurückliegen dürften, denn obwohl auf den Tischen noch Teller, Gläser und Besteck zu sehen sind, sind die Mauern mit Schimmel überzogen, und von der Decke tropft Wasser auf die Tische. Der Saal wirkt so unheimlich und von allen guten Geistern verlassen, dass ich die Tür sofort wieder schließe und mich der Tür gegenüber zuwende.

An dieser befindet sich kein Knauf, sondern eine Art Zahlenschloss, an dem man eine bestimmte Ziffernfolge eingeben muss, so wie bei manchen Hauseingängen. Ich versuche es zuerst mit 0000, dann mit 5555, dann mit 1234, aber keine dieser Banalkombinationen öffnet die Tür. Dann halt nicht, denke ich, obwohl es mich wurmt, nicht den richtigen Code gefunden zu haben.

Die nächste Tür rechts will ich gleich öffnen, ohne anzuklopfen, aber ich bemerke, dass sie weder Knauf noch Schnalle hat. Die auf der linken Seite hat eine Schnalle, ich drücke sie und bekomme die Tür einen Spaltbreit auf, aber weiter geht es nicht. Irgendetwas Massives muss sich dahinter befinden. Ich lehne mich mit Druck dagegen, aber es lässt sich nicht wegschieben. Ein eiskalter Hauch weht durch den Spalt, und ich mache wieder zu und gehe weiter. Es fröstelt mich, gern würde ich jetzt einen Schluck aus der VAT 69-Flasche nehmen.

An die nächste Tür presse ich erst einmal mein Ohr, um eventuelle Geräusche aus dem Inneren zu hören, werde aber enttäuscht. Ich öffne sie, trete ein und befinde mich in einem Treibhaus. Warme, feuchte Luft umhüllt mich, und ich schließe die Tür hinter mir, damit keine Kälte hereindringt. Das ist genau das, was ich jetzt nötig habe. Es tut mir wohl, im Warmen zwischen verschiedenen tropischen und subtropischen Pflanzen auf Kieswegen umherzuwandeln. Es ist ein sehr großes Glashaus und erinnert mich an die Glashäuser im Garten von Kew, allerdings ist es auch schon ziemlich in die Jahre gekommen und renovierungsbedürftig. Das gusseiserne Gehäuse, das wie ein riesiges Schiffsskelett wirkt, ist rostig, und die Glasscheiben sind so vermoost und staubig, dass im Inneren eine Art Zwielicht herrscht und man nicht nach draußen sehen kann. Ich drehe eine Runde durch diesen Wundergarten, bis ich wieder vor der Tür stehe. Nachdem ich mich aufgewärmt habe, könnte ich meine Expedition fortsetzen, doch leider lässt sich die Tür nicht mehr öffnen. Ich rüttle am Knauf, versuche es mit Gewalt, aber erfolglos.

Ich gehe alle Seiten des Glashauses ab, aber es gibt sonst keinen Ausgang. Das bringt mich in eine Notlage, und wie in Notlagen üblich, muss ich eine unkonventionelle Methode ersinnen und anwenden, um hier hinauszukommen.

An einem kleinen Teich mit einer künstlich angelegten Felsböschung unter einer mit Efeu überwachsenen Palme reiße ich einen fußballgroßen Steinbrocken aus der Umrandung, trage ihn auf die linke Seite des Glashauses und schmettere ihn gegen eine Scheibe. Das Ergebnis ist wie gewünscht – das Glas zerbricht, und ich kann in den Nebenraum blicken. Mit ein paar Fußtritten entferne ich die Splitter, die noch aus dem Rahmen stehen, und steige hinüber auf die andere Seite.

Nun bin ich in ein Zimmer gelangt, das einer Zirkusmanege ähnelt. Es ist in blutrotes Licht getaucht, aber völlig leer. Auf dem Boden liegen nur ein paar

Spritzen, Seilreste und ein Fleischerhaken. Es ist ein gruseliger Ort, und ich habe keine Lust, mich hier länger als notwendig aufzuhalten. Links erkenne ich einen Vorhang, er ist dicht mit Spinnweben überzogen. Ich schlage ihn zur Seite, trete hindurch und finde mich im Gang mit den Neonröhren wieder.

Vis-à-vis ist diesmal keine weitere Tür, es hängt da nur ein altes beiges Telefon wie die Zimmermädchentelefone früher in manchen Hotels. Ich kann es nicht lassen und hebe ab. «Hallo?», spreche ich hinein, aber ich höre nichts, nicht einmal ein Leerzeichen. «Hallo?», sage ich nochmals und bilde ich mir ein, ein leises Flüstern aus dem Hörer zu vernehmen. Es klingt wie ein Rascheln auf hoher Frequenz oder, als würde eine Heuschrecke mit den Beinen über ihre Flügel streichen. Als ich ein drittes Mal «Hallo?» sage, ist es wieder still. Ich hänge auf und gehe weiter. Immer noch kann ich das Ende des Ganges nicht ausmachen, auch weil weiter hinten die Deckenleuchten offensichtlich defekt sind. Die letzte, die, wenn auch flackernd, funktioniert, hängt etwa fünfzehn Meter entfernt von mir, dahinter Dunkelheit.

Ich bin neugierig, was mich wohl im nächsten Zimmer erwartet. Ich drehe den Knauf und mache einen Schritt nach vorne. Zum Glück habe ich den Knauf nicht gleich losgelassen und kann mich daran festhalten, denn sonst wäre ich ins Wasser gestürzt. Soweit mein Auge reicht, eine immense Fläche, aufgewühlt wie ein Meer in einer Sturmnacht. Fast wirkt es, als würde das Wasser kochen, die Wellen schwappen hoch bis in den Gang hinaus. So schnell ich kann, schlage ich die Tür zu.

Bei der nächsten bin ich vorsichtiger. Zur Abwechslung klopfe ich wieder einmal an. Zu meinem Erstaunen kann ich diesmal tatsächlich eine Art Antwort hören, ein Stöhnen. Ich klopfe nochmals, das Stöhnen verstummt. Also mache ich ganz langsam auf. Drinnen ist es wieder ganz dunkel, auch hier kein Lichtschalter an der Wand. Ich strecke langsam meinen Kopf durch den Türrahmen und vernehme erneut dieses Stöhnen. Es scheint das Stöhnen einer Frau zu sein, und es klingt, als würde sie auf dem Sterbebett liegen, als wären dieses Ächzen, Seufzen und Stöhnen die letzten Äußerungen ihres Lebens. Es läuft mir kalt den Rücken hinab, und ich lasse die Tür wieder zufallen.

Ich gehe den Gang weiter, auf den nächsten Metern ist keine Tür zu sehen. Dann, unter der flackernden Neonröhre, zwei. Ich entscheide mich als erstes für die rechte, reiße sie mit einem Ruck auf, und was ich da zu sehen bekomme, ist eine überaus ausgelassene Gesellschaft in einer großen Halle mit lauter Musik. Die Anwesenden, die in teils grotesken Fellkostümen stecken, stehen mit Plastikbechern voller Bier da oder tanzen eigenartige Reigentänze, und jeder hat ein Smartphone in der Hand und macht alle paar Sekunden ein Foto von sich. Die Lichtershow, die Dampfschwaden von Nebelmaschinen und der Geruch nach Schweiß und gebratenem Fleisch verleihen dem Spektakel etwas Infernalisches, und ich schließe die Tür so jäh, wie ich sie geöffnet habe.

Nun ist die Tür gegenüber an der Reihe: Ich mache sie auf und erschrecke erst einmal, denn ich stehe einem Zerrspiegel gegenüber, der mich selber zeigt, aber als satyrhaften Kobold mit Schrumpfkopf, Glatze, Glubschaugen, dickem Bauch, struppigem Rauschebart und Zahnstocherbeinen. Dann, als ich mich einen Schritt zurückbewege, verwandelt sich mein abstruses Spiegelbild, und für einen Moment glaube ich, darin eine üble Karikatur von Marianne zu sehen, mit endlosen Beinen, einem ausladenden Gesäß, riesigen herabhängenden Brüsten und einem Wasserkopf mit verschwollenen Sehschlitzen, ein so abstoßender Anblick, dass ich die Tür prompt zuschlage.

Ich fühle mich mit einem Mal völlig erledigt, beschließe aber weiterzugehen und die folgenden Türen zu ignorieren. Leider wird das Licht immer schwächer, und bald tappe ich im Dunkeln. Doch daran bin ich mittlerweile gewöhnt, setze Schritt um Schritt mit nach vorne gestreckten Armen, um nicht irgendwo dagegenzulaufen.

So gehe ich ziemlich lange geradeaus, und just, als ich mich zu fragen beginne, ob es nicht doch besser wäre umzukehren, stoße ich mit meinen Händen an ein Hindernis. Ich taste es ab und merke, dass es sich um eine weitere Tür handelt, finde einen Knauf, drehe ihn nach rechts, mache sie auf und bin zunächst einmal geblendet. Dann erkenne ich links Mariannes Wohnzimmer, rechts die Küche, in der sie gerade ein Omelett zubereitet. Ich schlüpfe schnell durch die Tür und ziehe sie hinter mir zu.

«Gleich fertig», sagt Marianne, ohne ihren Blick von der Pfanne auf dem Herd abzuwenden.

«Danke», sage ich, trete hinter sie, umarme sie und küsse ihren Nacken.

XAVER BAYER
Heute könnte ein glücklicher Tag sein

Roman

e-book 978-3-99027-108-7

Und das unterscheidet dieses Buch von vielen anderen, die von der Beziehungslosigkeit der Menschen
handeln, aber die Verantwortung auf die Umgebung
schieben, die Gesellschaft, die Verhältnisse, Bücher,
die den Protagonisten kaum Aussichten lassen, weil
die Welt ja so schlecht und verderbt ist. Sie ist hier
nicht schlechter als man selbst.

Selim Özdogan

XAVER BAYER
Die Alaskastraße

Roman
e-book 978-3-99027-109-4

Der Roman zeugt von einer Härte und Verlorenheit, die den brillanten Stil als letzte Zufluchtsstätte aufsucht, um zu erkennen: Mehr gibt es nicht.

Thomas Melle

XAVER BAYER
Weiter

Roman
e-book 978-3-99027-110-0

Als Leser sieht man in Bayers Texten die kleinen Fussel und Härchen, blickt in die Lücken zwischen den Steinen, man wird süchtig nach soviel detailversessener poetischer Weltaneignung und Weltverweigerung. Bayer zeigt mit seinem Scharfblick, was evident ist, was wir oft nicht mehr zu sehen vermögen, weil es so offen zutage tritt.

Michael Krüger

XAVER BAYER
Die durchsichtigen Hände

Erzählungen
e-book 978-3-99027-111-7

Das Ungeheuerliche findet in der Fantasie statt.
Nichts Schöneres als den Realitätsbezug zu verlieren,
wenn man, wie in den wundersamen und geheimnis-
vollen Geschichten Xaver Bayers, mit grotesken Ein-
fällen und überraschenden Pointen belohnt wird.

Sabine Gruber

XAVER BAYER
Wenn die Kinder Steine ins Wasser werfen

978-3-902497-87-1
e-book 978-3-99027-112-4

Xaver Bayer kommt stets auf leisen Sohlen. Weder kündigt er sich aufschneiderisch an noch drängt er sich jemandem auf. Er ist frei und befreit mit seiner Unbeugsamkeit auch seine Leser, indem er ihre Blicke auf das Übersehene und vermeintlich Unwesentliche zurücklenkt. Er findet seine Geschichten stets dort, wo andere vorbeigehen. Seine Beharrlichkeit hinterlässt eine zarte Scham in unseren korrumpierten Seelen. Und fragt leise: Wie könnt Ihr so leben?

Xaver Bayer lässt sich nie verführen. Weder von Kommerz, billigen Effekten oder abgeschmackten Erzählformen. Er betritt nie den Trampelpfad. Und man wird ihn stets am Rand des um Aufmerksamkeit heischenden Marktgeschreis finden. Man darf ihm als Leser unauffällig durch das Gewirr folgen. Man muss nur höllisch aufpassen, ihn nicht aus den Augen zu verlieren.

David Schalko

XAVER BAYER
Geheimnisvolles Knistern aus dem Zauberreich

978-3-99027-055-4
e-book 978-3-99027-129-2

Man muss sich für dieses Lesen Zeit nehmen, wie man sich für das Gehen durch die Welt Zeit nehmen muss, damit sich die Zwischenräume auftun. Man bleibt stehen und schaut, man blickt vom Lesen auf und atmet scharf ein und vorsichtig aus. Xaver Bayer hat die Sinne und das Gespür für Zauber und Täuschungen. Er schafft eine Sprache für etwas, was mir zuweilen aus der Welt verschwunden zu sein scheint. Deshalb ist dieses Buch ein Trost, obgleich es die Gefährdung aufs Deutlichste zum Ausdruck bringt.

Laura Freudenthaler